長編超《スーパー》伝奇小説
書下ろし
魔界都市ブルース

菊《きく》地《ち》秀《ひで》行《ゆき》

傀儡人《からくりびと》の宴《うたげ》

NON NOVEL

祥伝社

CONTENTS

カバー&本文イラスト／末弥　純
装幀／かとう　みつひこ

二十世紀末九月十三日金曜日、午前三時ちょうど——。マグニチュード八・五を超《こ》す直下型の巨大地震が新宿区を襲った。死者の数、四万五〇〇〇。街は瓦礫《がれき》と化し、新宿は壊滅《かいめつ》。そして、区の外縁には幅二〇〇メートル、深さ五十数キロに達する奇怪な〈亀裂〉が生じた。新宿区以外には微震さえ感じさせなかったこの地震は、後に〈魔震《デビル・クエイク》〉と名付けられる。

以後、〈亀裂〉によって〈区外〉と隔絶《かくぜつ》された〈新宿〉は急速な復興を遂《と》げるが、その街を産み出したものが〈魔震〉ならば、産み落とされた〈新宿〉はかつての新宿であるはずがなかった。早稲田《わせだ》、西新宿、四谷《よつや》、その三カ所だけに設《もう》けられたゲートからしか出入りが許されぬ悪鬼妖物がひしめく魔境——人は、それを〈魔界都市“新宿”〉と呼ぶ。

そして、この街は、哀しみを背負って訪れる者たちと、彼らを捜《さが》し求める人々との物語を紡《つむ》ぎつづけていく。あらゆるものを切断する不可視の糸を手に、魔性《ましょう》の闇を行く美しき人捜し屋《マン・サーチャー》——秋《あき》せつらを語り手に。

第一章　小道具づくり

1

電話のコールに予感があった。

耳に当てた途端に、

「情斎《じようさい》だ」

それから続く沈黙をどう扱ったものか、瑠璃《るり》にはわからなかった。向こうが続けた。

「〈新宿〉へ来た。探偵が捜《さが》している」

「どうするの？」

ようやく声が出た。

「何もする気はない。ただ伝えただけだ」

また返し方が霧に包まれた。そこから出る前に、電話は切れた。

受話器を置いてから、瑠璃は、

「とうとう来たのね」

自然に漏《も》れた。

「また血が流れるわ。それも大量に」

止まらなかった。

「私もあなたも美しいものだけを求めているはずなのに――どうして。でも、今度は私たちも運の尽きかもしれない。相手は――秋《あき》せつらとドクター・メフィストよ」

「へえ」

せつらがのんびりと驚きの声を上げたのは、〈明《めい》治《じ》通り〉をはさんで〈新《しん》・伊《い》勢《せ》丹《たん》〉の対面に建設中の建物を見たときだ。

ここ数日、〈新宿駅〉と〈新宿通り〉には顔を出していなかった。〈魔界都市〉は常に目まぐるしく変転するとわかっていても、現実に眼にすれば、やはり驚きは隠せない。特にこの美しい若者の反応は素直そのものであった。

しかし、何が出来るのか？　今でも繁華街としては一等地だ。土地代も建設費も途方もない額に上るだろう。〈区外〉ならどこかの大企業の手になる事案だが、そうとも言えないのが、〈魔界都市〉の凄《すご》いところだ。

グレーのスーツ姿の女が、すうと近づいて来て、手にしたビラの束から一枚をせつらに手渡した。

「機械人形《オートマタ》博物館？」

「はい」

女は微笑した。外国のファッション誌でも、滅多《めった》に見られない美貌《びぼう》と肢体《したい》の持ち主であった。周囲の男どもがひっくり返らなかったのは、せつらを見ていたからだ。

「開館は明後日《あさって》です。よろしくどうぞ」

それから、正面からせつらを見て、溜息《ためいき》混じりに、

「あなたも展示したくなってきたわ、と、館長なら言うでしょうね」

「誰？」

「館長です。名前は傀儡《くぐつ》カオル――年齢は二十二歳。自称ですが」


よろしく、とつけ加えて、女は〈新宿駅〉の方へ歩き去った。

建物を見直すと、まだ青いビニール・シートがでかい顔をしている。二日で仕上がるとはとても思えない――というのは〈区外〉の人間の考えだ。

「何とかなるかな」

とつぶやいて、せつらは〈新・伊勢丹〉へと向かった。

婦人特選品売り場でエレベーターを降りた。宝石売り場へ歩き出したとき、背後から、

「まさか、女へのプレゼントじゃねえだろうな」

弄《いら》うような声がかかった。

同じエレベーターから一番最後に降りて来た、右眼に黒い眼帯をつけ、同じ色のソフトを浅くかぶった男は、袖《そで》を通さずに厚手のオーバーを肩掛けにしていた。

「おまえこそ何してる？」

そちらを向きもせずに訊《き》いた。足も止めない。

「一階で見かけたもんで。つい追いかけちまったよ。さすが〈新宿〉一の人捜し屋だと女へのプレゼントも違うな」

「加奈《かな》さんへか？」

とせつら。眼帯の男はぎょっとしたように、

「なぜわかる？」

「一階は特選品以外の婦人雑貨だ。おまえが加奈さん以外の女にプレゼントするはずがない。それとも、男か？」

「やめろ」

眼帯の男は吐き捨てた。嫌悪が一緒だった。

「帰れ」

とせつらは言って、遠いショーケースの方へ歩き出した。

「いらっしゃいませ」

と頭を下げかかった女店員が彫像《ちょうぞう》と化し、それに気づいて、せつらを見た同僚も男女を問わず石と化す。

せつらは構わず、

「それ見せて」

と指輪のひとつを指さした。値札は「五〇、〇〇〇、〇〇〇」と付いている。

「はい」

虚《うつ》ろな眼と声が応じた。

「最高級のダイヤでございます。何処《どこ》へ行っても注目を引きますわ」

せつらは勝手に取り上げ、眼の前でひねくり廻《まわ》した。とがめる者はない。誰かが、

「凄いわ。五千万円がその辺の安物に見える」

と呻《うめ》いた。せつらの美貌がそう見せてしまうのだ。

「オッケ」

せつらは茫洋《ぼうよう》とうなずいた。その辺の安物の中から掘り出し物を見つけたという口調であった――と言っても、この若者にはいつものことであるが。

「これにする。で――売り場の主任さんはどな

た？」

「今、お呼びします」

女性店員のひとりが、店内連絡用の受話器を手に取った。

二分とかけずに奥から年配のスーツ姿が現われた——ひと目で恍惚《こうこつ》ととろけた。

「——何か？」

問いは夢遊病者のようだ。

「これ、まけてもらえません？」

と指輪を突き出す。

ちらと見ただけで、

「よろしうございます——いかほどの値引きがお必要で？」

「万分の一」

「それは——ちょっと」

誰が聞いても、主任のためらいが正しい。

それをじっと見つめて、

「駄目？」

「いや——その」

主任は額《ひたい》の汗を拭《ふ》いた。

「さすがに私の一存では——」

せつらはあっさりとうなずいた。

「ごもっとも——ねえ、社長を呼んで」

あっけらかんと口にした。


交渉は一万分の一でまとまった。

品物の入った紙袋を提《さ》げて歩み去る後ろ姿を見送りながら、

「五千万円が五千円ね」

女性店員のひとりがぼんやりとつぶやいた。それから、恐るべきことを口にした。

「仕様がないわよね——一億円だってこうなるわ」

「得ねえ、いい男は」

「でもさ——社長、会議で糾弾《きゅうだん》されるわよ。悪くすれば、すげ替えよ」

「大丈夫よ大丈夫——経理の金田《かねだ》さんを動かすわ

よ。知ってるでしょ、二人の仲？」

「そうだ、そうだった」

せつらがエレベーターのところへ行くと、眼帯が待っていた。

「まだ、いた」

「おお。気になってな。特選品売り場で幾《いく》らの買った？」

「五千円」

「いい加減にしろ。おれのより安いじゃねえか」

「貧乏でね。まけてもらった」

「やっぱりな——元値は幾らだ？」

「五千万」

「おまえ、自分がしていることがわかってるのか？　犯罪だぞ。警察《サツ》へチクってやろうか」

「社長がOKした。宣誓書もある」

「………」

あんぐり口を開けた眼帯へ、

「それじゃ」

ちょうどドアの開いたエレベーターに乗り込んだ。

眼帯がついて来て、閉ボタンを押した。

和服姿の老人が、半身を入れたところへ、閉じたドアが押し寄せた。

挟まれた老人が呻き声を上げる前に、ドアは開いた。眼帯ではない。乗り込んで来た黒服の男たちが老人を支え、

「親父《おやじ》さん——大丈夫ですか？」

四人いる。

背後でドアが閉じ、エレベーターは下降を開始した。

「てめえらのどっちだ？　ドアを閉めたのは？」

胸に銀バッジを光らせた四人は、怒りに眼を血走らせている。

「双竜会《そうりゅうかい》」

と眼帯が言って、壁を向いたせつらの方へ顎《あご》をし

ゃくった。知らんぷりなどさせておかんぞ、という
ことだ。

「おい、兄さん――こっち向けや」

黒服のひとりが静かにせつらの肩に手を載《の》せた。

指に力を入れる。それが指先に届く前に、男の指は
五本とも床に落ちていた。

「は？」

と床を見てから手に戻し、愕然《がくぜん》と見入った。

「血は出ねえ。出ねえのに――指が無《ね》え」

「野郎」

と上衣《うわぎ》の内側へ手を入れる三人へ、

「よさんか」

と老人が叱咤《しった》した。付き添っていた黒服が、

「親父さん」

「その男に――触《ふ》れるな、放っておけ！」

「お知り合いで？」

「いいから――放っておけ！」

老人は絶叫した。悪魔に遭遇したカトリック教徒
みたいな金切り声であった。

「わかりました――おい！」

二人は手を戻し、手を押さえた仲間の手当てにか
かった。

「血が出ねえとは――新しい技を編み出したのか、
秋せつら？」

わざわざ名前を出した眼帯はどういうつもりなの
か。

「秋――せつら？」

黒服たちは凍りついた。名前くらいは知っていた
らしい。

「そうそう」

とせつらはぼんやりと返した。

「そのご老人を挟み込んだ本当の犯人――私立探
偵・海馬《かいば》涼太郎《りようたろう》くん」

せつらの声は、黒服たちを現実に引き戻した。

「てめえか？」

ひとりが地鳴りみたいな声を絞り出し、再び懐中

へ入った右手は、奇妙な形の武器を抜き出した。

「ほう、衝撃波銃《インパクト・ガン》かよ。アメリカのガン・ショップで見たぜ。空砲を音源に使って、ヘビー級ボクサーのKOパンチくらいの威力が出せるらしいな。だがよ、残念ながらヘビー級じゃおれはノックアウトできねえぜ」

「安心しろ、パワーは一〇倍だ。マグナム並みの威力はある。てめえの頭なんか木《こ》っ端《ぱ》微《み》塵《じん》よ」

「わお。けど、ここで射《う》ったら、そちらにも当たるぜ」

　海馬はちら、とせつらを見た。黒服は言った。

「運がなかったんだ。親父さん——おれの片は後でつけさせてください」

「よ、よせ！」

　狂気のような老人の叫びへの応答は、異様な銃声であった。

　顔はつぶれた。黒服の顔が。彼の右腕はいつの間にか自分を向き、凶器の引金を引いたのだ。

　同時に、ドアが開いた。一階であった。客たちが待っている。

　せつらがドアを出たとき、中を覗《のぞ》いた女性客が凄《すさ》まじい悲鳴を上げた。

「どーも」

　とだけ言って、せつらは外へ出た。どんな神技を使ったのか、コートにも顔にも血痕ひとつつけていない。

　デパートを出たとき、

「やるねえ」

　と背後の海馬が声をかけて来た。

「ばいばい」

「そう言うなよ」

　顔や手を拭っていたハンカチをポケットに仕舞《しま》う。こちらはやくざの残骸《ざんがい》を浴びたらしい。

「パトカーが来る。僕のことは——」

「ああ、ああ、内緒にするよ。後が怖《こわ》いからな」

　まだ恍惚の名残《なご》りを漂《ただよ》わせていた顔が、この瞬

間、恐怖にこわばった。

　せつらは〈新宿駅〉の方へ向かう。

「あのなあ」

「ばいばい」

「そう言うな。面白《おもしれ》え話があるんだ」

2

　せつらの足が止まらないため、海馬は並んで歩きながらしゃべった。

「詳しい日づけはわからんが、〈区外〉から実に〈新宿〉向きのキャラクターが入って来たらしいんだ。おたくへ捜索依頼は来てねえか？」

「ない」

　普通の闇ビジネス関係者なら、一発で食いつくネタだが、依頼のない限り、せつらには無縁のたわごとであった。海馬はなお食い下がった。

「新しいキャラてな、職業メイクアップ・アーチストだ——と名乗っているらしい。名前は陣左《じんざ》だ。綽名《あだな》は〝ライフ・アーチスト〟」

　ここで、海馬は反応を期待したが、せつらは知らん顔である。

「おれの調査によると、陣左がメイクを施《ほどこ》すと、生命《いのち》のない者たちが動き出すそうだ。要は、血を吸うかわりにメイクで死者を甦《よみがえ》らせるわけだな。まだはっきりしねえが、〈区外〉のある財団から億単位の賞金が出てるそうだ」

　これでもせつらは黙々《もくもく》と先を行くので、海馬はとうとう、

「二人で組もうじゃねえか。〈新宿〉のナンバー1と2が揃《そろ》って動き出せば、人ひとりくらい捜し出すのは、容易なこった。億だぜ、ええ？」

　ひと呼吸おいて、

「依頼が来ていない」

と、せつらは応じた。来ていなければ億もゼロも同じことだ。

「おれにはひとつだけ、おまえに勝ってる点がある。知ってるだろ?」

せつらは足を止めた。〈新宿ピカデリー〉の前であった。

その美貌に気づいた通行人が、次々に棒立ちとなり、次々によろめいて、ガードレールや郵便ポストにすがって身を支《ささ》える。

「何を感じた?」

とせつら。緊張するはずが、どこまでも茫とした問いである。海馬には自分にない予感——予知能力があることは、彼も認めている。

「当然、不吉《ふきつ》な予感さ」

「アホ」

せつらはまた歩き出した。

「不安解消に取りかかるぜ」

海馬は右に寄った。女学生らしい二人連れの向かって左の娘の腕を取り、右へ捻《ひね》った。明らかに骨の対応角度の限界を超えていた。

音をたてて、娘の左肩は外れた。

悲鳴が上がった。通行人の三割がふり返る。残りはせつらを見つめっ放しだ。

「何するのよ!」

と相棒がハンドバッグをふってくる手をこれも器用に摑《つか》んでひょいと持ち上げ、捻りながら下ろした。これも肩が音をたてて外れる。

ショックと痛みのあまり声もない二人連れを鋭い眼差《まなざ》しで走査しながら、

「よし、解消はできた。取りあえずな」

言うなり、両手をおかしな方へ動かすと、握られた腕の肩が、かすかな音を立てた。

外れたのが入ったらしい。

逃げることもできず呆然《ぼうぜん》と立ち尽くす二人のコートのポケットへ万札をねじ込み、

「いきなり悪かったな。憩《いこ》いのティータイムに使ってくれ」

とせつらを向き直った。

黒いコート姿は〈ピカデリー〉の出入口を抜け、裏の通りへとつながるエスカレーターに乗ったところだった。

脇の階段を三段ずつ駆け上がって、降りたところを捕まえた。

「しつこい。それに――捕まるぞ」

「大丈夫――もう嬉々《きき》として行っちまった」

通りの方を見通して、にんまりと笑った。〈区民〉なのだろう。ちょっとやそっとで驚きはしない。通りを歩いている最中に見えない妖物《ようぶつ》に頭からかじられた被害者が、ごろごろしている街だ。

「しばらくの間は、人目を引くことは起きねえし、誰も気がつかねえ。だが、危険は確実に進行しているんだ。じきに隠しようのない現実が現われる。その時ゃもう手遅れだ。いくらあんたやドクター・メフィストだって手の打ちようがないことがよ」

せつらが、へえといった瞬間、隣りの〈無印良品〉のドアが開くや、鳥打帽《とりうちぼう》とサングラス姿の男がとび出して来た。フェザー・ジャケットを着ている。

せつらたちの前を〈新・伊勢丹〉の方へ走り出す。

せつらは、

「へえー」

としか反応しなかったが、海馬は隻眼《せきがん》を光らせた。

「追っかける――またな」

走り出したところへ、

「待てえ」

店員らしい男女がとび出して来た。

鳥打帽の男を追いかけて、同じ方角へ駆けて行くのを見送ってから、

「泥棒さん」

と、つぶやき、せつらは急に気を変え、〈歌舞伎《かぶき》町《ちょう》〉の方へと歩き出した。

〈靖国《やすくに》通り〉を渡り、〈旧・区役所通り〉をゆっく

り下りて、〈風林会館《ふうりんかいかん》〉の方へ渡らず左へ折れた。

通りに面した食堂やゲーム・センター等の間に細い路地が食い込んでいる。

内側は表より小ぶりな料理店が身を寄せ合っていた。バラックみたいな建物の前に、二階の店へと続く階段がのびていた。階段の昇り口に、『叙楽苑《じょらくえん》』の電飾《でんしょく》看板がちらつく。

二階のドアを開いた。

まだ客はいないが、椅子《いす》とテーブルを並べている細い娘が、ひょいとこちらを向いた。しなやかな動きであった。

「あら」

とみるみる頰《ほお》を染めた。

「……こんにちは」

虚ろな声で挨拶《あいさつ》してから、やっと、

「まだ営業《やっ》てません」

片言の日本語である。今年十八になる台湾《タイワン》の娘だ。


「夕飯のときに、と思ったけど、先のことはわからないので。これ」

コートの内側からテーブルへ置いたケースを見て、

「何ですか、これ？　とても高価《たか》そうな箱」

「箱と違う」

せつらは茫洋と言った。中身への意識などかけらもないのである。

「誕生日だったね」

「え、いつの間に？」

うわごとみたいに口走る娘へ、

「この前来たとき、店長から」

「そんなことを――店長が？　でも、あなたに訊かれたら――答えずにいられないわ。でも、どうして、あたしに？」

「二週間前にも来た。財布を忘れてね。店長は怒ったが、君が庇《かば》ってくれた。あたしが立て替えます」

「――そうだったかしら？」

「忘れた?」

「母さんに言われたの。してもらったことは死ぬまで忘れるな、してあげたことは、すぐ忘れろって」

驚くべき事態が生じた。せつらが微笑を浮かべたのだ。

「んじゃ」

背を向けた。借りた金は、次の日返しに来た。娘は休みだったので、店長に預けた。それがどうなったかは、せつらの知ったことではなかった。

階段を下りたところで、娘が戸口からとび出て来た。左手に宝石のケースを摑んでいる。

「待ってください。これはいただけません」

「なら、捨てて」

「…………」

「もったいないから持ってて。人には見せないほうがいい」

「あの、あの」

通りへ出たとき、ありがとうという声が降って来た。

あの指輪を不注意に見せてしまった相手が、力ずくで奪い取ろうとするかもしれない。千円札一枚を狙《ねら》って殺人が行なわれる街なのだ。

「ねえ、聞こえます?」

声はなお追って来た。

「あたし、香林《こうりん》っていいます。覚えてください。香林です」

それが、せつらの耳に届いたかどうか。声の余韻《よいん》が空気に紛《まぎ》れたとき、黒いコート姿は、通りから消えていた。

〈秋人捜《D》し《S》センタ《M》ー〉のオフィスたる六畳間に戻ると、インターフォンが鳴った。

〈秋せんべい店〉のアルバイト娘であった。一時間、早引けさせてくれという。

「いーけど」

「ありがとうございます!」

「デート?」

ぼんやりと訊いた。さしたる興味も関心もない。条件反射に近い。しかし、娘は頬を染めて、ピンポンと言った。せつらを前にしながら、恋人との絡《から》みで赤くなる理由は、店長を直視していないからである。

「バイ」

と片手を上げたせつらにも、バイとそっぽを向いて応じた。このせんべい屋では、誰もが自分たちには何の関心もない主人から、身を守る術《すべ》を案出しなくてはならないのだ。

娘が出て行くと、彼は店へ行き、シャッターを下ろそうとしたが、気まぐれの風でも吹いたかのように、せんべいを収めたガラスケースの奥の椅子に腰を下ろした。店長直々《じきじき》の店番である。前もって知っていたら、〈新宿〉中の女たちが押し寄せるだろう。

すぐに十人近い女性客が訪れ、品物ではなくせつらを見つめっぱなしのところへ、

「何か?」

と訊かれ、ぼんやりと、隅《すみ》に積んである袋の山に気づいて、

「あれを」

と言った。全員である。袋の前には「特別品」とプレートが立っていた。

お幾ら? と尋《たず》ね、三万円ですと返って来ても、顔色ひとつ変えないのは、せつらをひと目見た途端、思考力などとんでしまっているからだ。

「ねえ、お写真いいかしら?」

「ノン」

きゃあ、フランス語よ、ぴったり!! と女たちは天を仰《あお》ぎ、どうしてえ? と涙混じりに訊いてくる。せつらはぼんやりと、

「また来ていただきたいから」

顔を見ても口調を聞いても嘘《うそ》っぱちとわかるが、顔はまともに見られないし、口調まで気にする余裕はない。声だけでイキそうなのだ。そこにこの返事

である。何人かがよろめき、周《まわ》りの連中に支えられて何とか持ちこたえた。

一段落した後の売り上げは、軽く二百万円を超している。

どーもどーもと言いながら、三万円の袋を補充すべく奥へと入った。

すでに焼き上げ用ドラムに貼りつけておいた生乾きの分は、下の箱へ落ちている。

ルンルンルン♪　と鼻歌を歌いながら、ハンマーで半分を割り、そばに置いてある別のせんべいに混ぜて、袋に入れていく。

鼻歌は、三万円三万円♪　に化けていた。

二〇袋——六〇万円分ほど作ったとき、新しい客が入って来た。

占い師みたいに黒い頭布を被《かぶ》り、同じ色のドレスを蒼《あお》い闇みたいに着つけた女であった。四〇年配と思《おぼ》しいが、なかなかの美貌である。口紅《ルージュ》もつけていないのに色っぽいのは、はっきりと見えないボディ・ラインと切れ長の眼のせいだ。

「いらっしゃい」

口先だけの主人を見つめて、頬を赤らめながら、

「それは……ちょっと……」

と呻いた。驚くべきことに、しっかりとした声である。

「——私でも難しいわね。でも——挑戦してみる価値はあるわ」

これも虚ろな声ではない。きっとせつらを見て、

「あなたを拘束することはできません?」

と訊いた。

「仕事を受ければ」

「いいえ、そういう意味じゃなくて、本当の拘束——はっきり言えば、一週間、私のモデルになってほしいのです」

「裸はちょっと」

「何おっしゃるの——そんな意味ではありません。その顔が欲《ほ》しいのです」

「売りものじゃありません」

女は、正気？　という表情になった。

「私は面づくりなのです。そして、〈魔界都市〉に、世界の誰よりも美しい男性が、〈新宿〉に二人もいると聞きました。今日はそのひとりに会いに来たのです」

「えっ⁉」

「一週間——一日何時間でしょう？」

女の全身に喜色《きしょく》が漲《みなぎ》った。

「一二時間」

かなりの拘束である。

「時給は？」

少しも気にしていないふうだ。

「——一時間一万円でいかがでしょう」

驚くべきモデル料であった。一日一二万円——一週間だと八四万円だ。

「三万円」

とせつらは言った。ぬけぬけと、とか足下を見て、とかの話ではない。吹っかけるにもほどがある。断わるための嫌がらせ——でもなかった。本気の要求だ。

女はあっさりとうなずいた。

「承知しました」

「明日《あす》、仕事を一本片づけます。次の日なら」

「わかりました。では、明後日の正午、伺《うかが》います」

それから、こうつけ加えた。

「申し遅れました。私——蒼磁《そうじ》瑠璃と申します」

3

翌日仕上げる仕事とは、〈区外〉から逃げて来たドイツ人娘の確保と家族への引き渡しであった。

娘は〈高田馬場《たかだのばば》〉駅前のマンションに男と暮らしていた。男は覚醒剤の売人であった。せつらが探《さぐ》り当てたとき、娘は日頃のDVで半死半生《はんしはんしょう》の状態であった。

自分で打った麻薬《くすり》の効果で、半《なか》ば妖物化した男を、せつらは容赦《ようしゃ》なく二つにし、娘を隣りの空室に移した。管理人には内緒である。

娘は親と会うことに同意した。〈新宿〉へ来た理由は、単なる疎外感《そがい》であった。父親がその道では有名な芸術家という家庭のせいかもしれなかった。そんな曖昧《あいまい》な憂鬱《ゆううつ》は、男のDVで粉砕《ふんさい》された。

——家へ帰りたい

その一心で固まったとき、世にも美しい救い主が訪れ、疫病神《やくびょうがみ》は二つに裂けた。

再度訪れたせつらを娘は笑顔で迎えなくてはならない。

戸口で抱きついて来た。

顔は恐怖が貼りついた仮面であった。

「どうした?」

と訊くと、

「さっき——見たの」

という。流暢《りゅうちょう》な日本語であった。

「子供のとき、ミュンヘンに来たカーニバルで。人形よ」

「人形使い?」

さらに白ちゃけた顔が、激しく横にふられた。

「違うわ——人形よ」

せつらが来る一時間ほど前に、外の空気が吸いたくなって、廊下へ出た。

すると、エレベーターホールの方から、その女が近づいて来たという。

「金髪で、サファイアを嵌《は》め込んだみたいな蒼い眼。真っ赤なルージュも、あのときのままだわ」

せつらの上半身に、押しつけた身体《からだ》の震えが伝わって来た。

「ここは〈新宿〉だけど」

「わかってます。でも、あの人形は——殺人鬼なの。私——見てしまったんです」

せつらは無言だった。生きる人形も、殺人鬼の性質《さが》も珍しい街ではない。だが、娘の脅《おび》え方は異常の度を越していた。

「聞こう」

と言った。珍しいことである。

そのカーニバルがやって来た年、娘は四歳であった。父と母に連れられて出かけた。次々にアトラクションを愉《たの》しみ、最後に見つけたのが、「人形の館《やかた》」だった。

入口で洒落《しやれ》た口上《こうじよう》の呼び込みを行なうシルクハットに燕尾服《えんびふく》の男に、

「人形さん、沢山《たくさん》いるの?」

と訊くと、

「そりゃあもう。パパやママよりずっと綺麗《きれい》で優しい人形さんが沢山ね」

「へえ」

と感心する娘に、男はにこやかにシルクハットを取って一礼した。

「私もそうですよ」

娘の頰に触れた手は、確かに冷たく固かった。

内部《なか》は男の言葉を裏切らなかった。

定番ともいえる王様と女王様に始まり、マント姿の王子様とドレスに身を包んだ王女様の美しさに、四歳の娘も陶然《とうぜん》となった。

「そこで記憶がいったん途切れるのです」

と娘は言った。

「次の記憶は、誰もいない薄暗い通路の中。私はひとりぼっちでした」

泣く思いで出口を探していると、不意に横から出て来た男とぶつかった。彼女も知っている銀行の頭取だった。

「何をしている?」

怖い顔で訊かれ、正直に、迷ったと答えた。

「そうか。わしもなんだ。さっきまで普通に歩いていたのに、気がついたらここにいた。ゴブリンにでも連れて来られたかな」

子供の手前、笑ってみせたが、怯《おび》えているのは娘にもわかった。

出口を探そうということになり、二人で歩き出すとすぐ、前方から紺のドレスを身につけた女が現われた。金髪で宝石のような蒼い瞳。派手なルージュだけが合っていないような気がした。

長いものを手にしている。

「助かったぞ。おい、君」

走り出そうとする頭取の上衣の裾《すそ》を、娘は強く引いた。

「いっちゃ駄目よ、グラーツさん。あれ、人形さんよ。ナイフを持ってるわ」

グラーツ氏は丸眼鏡に手を触れて笑った。

「ははは、女の殺人鬼か。さっきも上にいたよ。つまり、操《あやつ》っている奴《やつ》も近くにいるってこった。おーい、見えるか？」

と空中に向かって叫んだ。

「わしとこの娘《こ》はもう上へ上がりたいんだ。早いところ――」

声は断《た》ち切られた。


一〇メートルは向こうにいた人形が、突然、彼の眼の前に立っていたのである。

「あっという間でした。そして――」

手にしたナイフをふり下ろした。娘が視認したよりずっと大刃の肉切りナイフであった。

「首すじに柄《え》まで刺さったのを見たわ。それから――」

声は絶え、がちがちと歯が鳴った。

「……それから……」

「おしゃべりは中止」

とせつらは言ったが、娘はやめなかった。話さないと、おかしくなってしまうとでもいうふうに。

「こうナイフを横にふって……ふって……首が……落ちたの……落ちたの」

「やめなさい」

とせつらは言った。やめさせないほうがいいのはわかっている。何を言っても無駄だ。だが、制止の声を、娘は望んでいるのだった。

「——首が」

と言った。

それから、

「それだけじゃないんです」

とつけ加えた。

「その首を——グラーツさんの首を摑んで、今度は自分の首を斬ったのです。そして、グラーツさんの首を——自分の斬り口の上に——載せたんです」

「へえ」

せつらは感心したような言葉を発した。いや感心したのである。しかし、寝呆《ねぼ》けた響きしか残らなかった。

「そこまで」

と言った。嫌な予感がした。

娘は止まらなかった。

「そうしたら——血をどくどく流して、ドレスも真っ赤に染めたグラーツさんの首が、眼を見開いたんです。あたしを見たんです」

「やれやれ」

とせつらは洩《も》らした。それを目撃した四歳の娘の精神《こころ》を、どう理解しているのか、茫とした響きからは、感知できなかった。

「あたしの名前はダリアよ、とグラーツさんの首が言いました。グラーツさんの声で。それから、凄い表情で笑って、前のとどっちがお似合いかしら？と訊いたんです。私、そこで気を失ってしまい——あとは覚えていません」

気がつくと、父親に身体を揺さぶられているところだった。行き止まりの路地に倒れているところを、係員が見つけたのだという。

娘の訴えを聞いて、保安係がアトラクション中を点検したが、何も見つからず、グラーツ氏も自宅に戻っているのが確認された。

目撃した光景の衝撃は、娘にある幸運をもたらした。

以後、おぞましい記憶をすっかり忘却してしまったのである。

それが――今。

「間違いなくその女だった？」

娘はうなずいた。小さな動きに確信がこもっていた。

「忘れっこないわ。あの人形でした」

「よく人形とわかったね」

「首を斬っても血が出ませんでした」

「そいつが、今日、君と出食わした」

「はい」

「向こうは？」

「私のこと？　気がついたかどうか。でも、ドアの前を通り過ぎるとき、ちらりとこちらを見たような気もします」

「それっきり？」

「はい」

その人形は、ここ、ここで何をしていたのか？

だが、せつらには関係のないことだった。彼女を親に届ければ、仕事とも人形との縁も切れるのだ。

「行こう」

とせつらは言った。

外へ出てすぐ、娘は疲れたように、

「あの――彼は？」

せつらに二つにされたＤＶ男である。

「片づけた」

とせつらは嘘をついた。隣りの部屋にそのままだ。

ふと、気になった。女はこの部屋を行き過ぎた。

隣りの部屋がある。

妖糸《ようし》をとばした。

一〇〇〇分の一ミクロン――実体なきに等しいチタン鋼の糸は、密封された扉と壁の隙間をくぐり抜けて、室内の走査を開始した。

「おや」

「どうかしましたか？」

「何でも」

軽く流したが、死体がないのは何故《なぜ》かと、せつらは考えていた。DV男は仕事の中の一登場人物なのだ。無関心というわけにはいかない。

帰りがけに、せつらはまた管理人へ、

「他に外国人の女の人います?」

「いないね、その人ひとりだよ」

「さっきひとり来たそうだ――金髪で蒼い眼の女だ」

管理人は、はあ? という表情になって、

「あんたの後で、何人か入って来たが、男ばっかりだよ。女なんていない。まして、あんた、外国の女なんてねえ」

せつらは娘をふり返って、

「だってさ」

「嘘よ!」

と娘は叫んだ。絶叫と言ってもいい金切《かなき》り声《ごえ》であった。

「あれは本物よ。昔のあいつを見るなんてことある⁉」

ふたたび混迷が生じる前に、せつらは娘を止めて、これから出て行く連中の中に女を見つけたら連絡をくれと、管理人に千円札と電話番号を書いたメモを手渡した。

〈新宿駅〉東口近くの喫茶店へと向かうタクシーの中で、人形の女とDV男との関係を尋ねたが、

「わかりません。人形の話なんか出てこなかった」

と答えてから、小さく、あっ⁉ と洩らした。

「何か?」

「人形とわからなかったかもしれない」

「ほう」

「グラーツさんも最後まで人形だとわからなかったみたいだし――見破ったのは、私だけかもしれません」

DV男は何処かで人形との接点があったのかもしれない。ただし――人間のつもりで。

部屋をみな当たってみればよかったな——こう思った。
女——娘に言わせれば人形——は、DV男の遺骸《いがい》ともども姿を消した。遺骸の拉致《らち》が目的だったかどうかはわからない。
　これでひと仕事片づいた——とはいかないことを、せつらはぼんやりと感じていた。

　娘と両親の邂逅《かいこう》は難なく終了し、娘も帰宅に同意、感激した両親は、その場でせつらに報酬を手渡した。

　タクシーに乗って、〈四谷《よつや》ゲート〉へと向かう三人を、せつらは営業の一環として見送った。

　走り出す寸前、後部座席から、娘は身を乗り出して叫んだ。

「気をつけて！　——本当に人形よ！」

　娘の姿は遠ざかっても、声は長いこと空中に残っていた。

　それが消えてから、せつらは〈歌舞伎町〉の方へ歩き出した。

　周囲の人々は感嘆し、息を呑《の》み、顔を赤らめた。

「影まで美しいぜ」

「あんな人間《ひと》がいるなんて——信じられないわ」

讃嘆《さんたん》の中にひとつ——

「人形よ、きっと」

第二章　偽《いつわ》りの生

1

翌日、蒼磁瑠璃は時間どおりにやって来た。

六畳間のオフィスで、卓袱台《ちゃぶだい》にカードを一枚置き、

「一週間分、二五二万円が入っております。お好きな時に、引き出して、お使いください」

と言った。蒼《あお》い靄《もや》を思わせる不思議な笑みが浮かんでいる。

「どーも」

と引き取って、

「どちらで？」

と訊《き》くと、

「うちのアトリエで」

と返って来た。

「〈左門町《さもんちょう》〉にございます」

「はい」

の次は、せんべい店の前に駐車してあるシルバーグレイのロールス・ロイスを見ての、

「へえ」

であった。

〈新宿〉には世界中のあらゆる車とその幽霊が走り廻《まわ》っているが、さすがにロールスは珍しい。

「運転は？」

「あたくしでは不安ですか？」

返事をせず、せつらは後部座席に乗り込んだ。客のつもりである。以前、助手席に乗ったら頭に血が昇った運転手が大事故を起こしかけたことが何度もある。

〈左門町〉までは支障なく着いた。瑠璃のアトリエは、公園の近くに建つ二階建てのマンションであった。どう見ても新品——築数カ月というところだろう。

駐車場には八台分のスペースがあった。建物のサイズからして２ＬＤＫが八室。

女は一階の右端のドアを開けた。

入ってすぐ、

「へえ」

とせつらは口にした。業務上の慣習だ。

一階は全室ぶち抜き、二階も同じだ。見上げれば一〇メートル近い高みに天井が広がり、見渡せば倉庫のような空間を、その手の品《しな》が埋めていた。

型取り用の道具や彫刻刀、整然と山を作る丸木の束《たば》――何よりも眼を引くのは、壁飾りの前に積み上げられた面の山であろう。自ら失敗作だと宣言するかのように、ひとつ残らず砕《くだ》かれ、割られた〝死〟の残骸であった。

「もったいない」

とせつらがつぶやいたのも、むべなるかな。山の高さは優に二メートルを超えていた。

「全て失敗作です。そうするしかありません」

瑠璃の声には冷静さに別の感情――怒りが滲《にじ》んでいた。芸術がわからぬ愚《おろ》か者というところだろう。

「どうします？」

「その椅子へおかけください。型を取らせていただきます」

「はあ」

示されたのは、ひとめで電子メカとわかるメタリックな肘《ひじ》かけ椅子《いす》であった。周《まわ》りにも別のメカが並んでいる。

フレキシブル・ライトが何台も――まるで手術台だ。

「お茶でもいかが」

瑠璃が、近くのオート・キッチンの方を向いた。

「いえ」

「わかった。すぐに行きますね」

せつらは椅子にかけた。

瑠璃が近くのキイボードに触《ふ》れると、何処《どこ》かでモーターの音が響きはじめた。

せつらの前方へ、白いスクリーンが下りて来た。

その表面にせつらの顔が映った。おびただしい光点が顔中に散らばる。次の瞬間、それらは消滅した。

「これは――」

キイボード前のスクリーンは、いま驚愕《きようがく》に満ちた瑠璃の顔を映していた。

「コンピュータによる顔面図は製作不可能と出ました。まあ、少しも不思議ではありません」

予想はついていたのだろう。

「中止?」

せつらの、のほほんとした問いに、きっぱりと首をふり、

「いえ、こうなれば昔風の型どりをさせていただきます」

「きっぱり」

「はい」

指がキイの上でまた躍《おど》った。

動き出したのは、粘土の原板を摑《つか》んだマジック・ハンドであった。それが顔を覆《おお》う寸前、せつらはうむむと洩《も》らした。


一秒とかけずに板は離れて、瑠璃の眼前に新作を運んだ。

溜息《ためいき》が洩れた。

「本物を見ればわかるけど、粘土板なのにゾクゾクしてくるわ。誰がその顔を作ったのかしら」

せつらは天井を指さした。

「そう、神さまですね。それならわかるわ。悪戯《いたずら》をしてみたくなったのね。背徳と汚穢《おわい》の街に二回だけ」

声が死んでから、やっと、

「でも、何とか取れた。これから複製を作ります」

マジック・ハンドが粘土の美貌《びぼう》を右方のテーブルへと動かした。

「あっ⁉」

瑠璃の声は、驚きの何倍もの絶望に彩《いろど》られた。

台に触れた途端、せつらの顔は微塵《みじん》に砕け散ってしまったのだ。

「信じられない」

立ちすくむ瑠璃は、吐息《といき》ひとつで崩壊しそうに見えた。

「コンピュータでも、型どりでも、あなたの顔は再生できない——そんなことがあるんだ」

「うーむ、美しい」

「自分でもそう思う?」

「冗談です」

瑠璃はかたわらのコンソールに身をもたせて倒れるのを防いだ。ギャグに気が抜けたというより、千本の手でくすぐられたというほうがふさわしい。

しばらく黙って、体調を整えていると、

「どうします?」

とせつらが訊いた。何となく全て承知の上のような気がして、瑠璃は小面憎《こづらにく》くなった。

かといって、これでは打つ手もない。

それを読んだみたいに、

「今日は中止にしますか?」

「いいえ」

瑠璃はこみ上げてくる怒りと——何と切なさをぎりぎりでこらえ、断固首をふった。

「まだ手はあります。私がじかに彫《ほ》る——最初からそうすればよかったわ」

せつらが溜息をついたのは、瑠璃の眼に光る妄《もう》執《しゅう》ともいえるかがやきを見たせいかもしれない。

「今日は——ここまで」

言うなり、瑠璃は彫刻刀を取り落として、正座から床に崩れ、せつらは大きく伸びをして立ち上がった。外には早や夕闇が迫っている。

胸だけを起伏させている瑠璃へ、

「じゃ」

と言い捨てて、ドアの方へと向かった。

「待って」

瑠璃の声は死人《しびと》のようである。それでも必死で絞り出したものだ。

「はあ」

「自分の顔くらい見る気にならない？」

「特には」

「はいはい」

瑠璃はそのままの姿勢で、台上の面を指さした。

半日かけての成果は、輪郭《りんかく》に留《とど》まっていたが、それはモデルに何か与えたらしく、彼は近づいて、荒削りとしかいえぬ作品を取り上げ、

「へえ」

と洩らした。

「気に入りました？」

それだけで瑠璃の全身に精気が溢《あふ》れたからこの世ならぬ美形のひとことというのは大したものだ。

せつらは黙ってそれを置き、

「では」

と言って歩き出した。

その後ろ姿を恍惚《こうこつ》と見つめ、ドアが閉まると、

「いけるわ、きっと」

と瑠璃は言い聞かせるように言った。相手は自分ではなかった。

「もう少し待ってね。獄也《ごくなり》。必ずあなたを復活させてあげる」


やって来たバスに乗ろうとしたとき、携帯が鳴った。

ONにすると、

「海馬だ。危《やば》い」

ときた。

「へえ」

とせつら。何が？　などと訊いたら巻き添えだと知り腐っているのだ。

「助けてくれ」

海馬は気にするどころか、震え上がっているのがわかった。

「今、〈歌舞伎町〉の『鎌いたち』にいる。妙な奴《やつ》らに追われてるんだ」

「しっかりね」

関心のかけらもない。

「一〇〇万出す――助けてくれ」

「自力救済はダメなんだ？」

「妙な奴らって言ったろ」

叱責《しっせき》するような口調には、わずかだが安堵《あんど》の響きがあった。

「かと言って初めて見る化物《ストレンジャー》ってわけでもねえ。おれの考えだが、あいつらぁ人形だ」

「へえ」

とせつらも気にするふうはなく、

「なら、おまえひとりで何とかなりそう」

生命を持った人形の殺人鬼など、〈新宿〉には幾《いく》らもうろついている。

「ところが、そうはいかねえんだ。あいつら、人形としちゃ初の強敵なんだ」

「へえ」

「とにかく待ってる。早く来てくれ。あいつらを斃《たお》せるのは、あんたしかいねえ」

「はーい」

あくまでも茫洋《ぼうよう》とのんびりと、せつらは応じてバスに乗ろうとした――その鼻先でドアが閉じた。運転手が痺《しび》れを切らしたのだ。

2

バスを降りると、せつらは〈一番街〉から〈歌舞伎町〉へ入って、「鎌いたち」をめざした。

〈魔震《デビル・クエイク》〉直後に生まれた呑《の》み屋《や》で、地上三階地下一階と広い。収容人員は五〇人超、二四時間営業のため、休みなく客が詰まっている。

一階に限っていえば、七分《しちぶ》の入りであった。闇に合わせて客が増えるのは、これからだ。

カウンターへ行き、せつらの入店時から恍惚《こうこつ》の表情のバーテンに、

「海馬は？」

と訊く。普通の席に座っているはずはないし、

〈歌舞伎町〉の呑み屋は規模の大小を問わず、「隠し部屋」を備《そな》えている。店の経営者や馴染《なじ》みの客、或《ある》いは大金と引き換えに追われている者たちに提供するのである。海馬はどれに当たるのか。

彼の指示を受けているらしく、バーテンはカウンターの上にメモを滑《すべ》らせた。

受け取らずに読んだ。

B1　RED

とある。

せつらは礼《れい》にウインクを送って、バーテンを失神させてから、奥の階段を下った。

こちらはニコチンとアルコールの臭いは上と同じだが、客はさらに少ない。

「いらっしゃい」

大胆なスリットを入れたチャイナドレスの娘が、うっとりと近づいて来た。ドレスは真っ赤《スカーレット》である。

「こちらへ」

カウンターの奥を右へ折れると、小さな倉庫になっていた。せつらが入った途端、床が下がり始めた。

五メートルほどで止まった。降りると床の部分が急上昇に移って、上の穴を塞《ふさ》いだ。

二〇畳ほどのスペースにテーブルとソファが並べられ、そのひとつずつに、海馬ともうひとりの客が腰を下ろしていた。

海馬の前のテーブルには、ワイルドターキーの瓶《びん》とグラスが載《の》っている。もうひとりはウイスキーだった。

せつらを認めるなり、立ち上がった、

「助かったぜ！」

感動でずぶ濡《ぬ》れの声を出したから、よほど危険な状況にあるのだろう。

天井を見上げて、

「上におかしな奴らは、いなかっただろうな？」

「この店で怪しくないのは誰？」

と訊き返し、

「殺気はなし」

海馬は両手を広げてソファに倒れかかった。せつらを見る眼には、しかし、恐怖と恍惚が渦巻いていた。

「相手は人形だとか？」

「そ、そうだ」

海馬は荒い息を休みなく吐いた。心臓発作を思わせた。テーブルの上のグラスを一気にあおって、

「おれは会うたびに人形封じの弾丸を射《う》ち込み、蘇《そ》生《せい》復活を禁じる術をかけておいた。なのに、何処までも襲ってきやがる」

「一〇〇万」

とせつらはまず言った。

「助太刀《すけだち》料だ。仕方がねえ——これを使ってくれ」

海馬は上衣《うわぎ》の内ポケットからカード入れを取り出し、何十枚と収めた中の一枚を抜いて、せつらに手渡した。表面にパスワードと九〇と殴《なぐ》り書きしたメモが貼ってある。

「足りないんじゃ？」

「一〇〇万のカードを作るのを忘れててな、それが最高額だ」

「もう一枚」

「それしか無《ね》え」

と海馬はせつらを見て術にかかったように言って、

「ここを出られたら、今日中に渡す。助太刀よろしく」

「加奈さんへのプレゼント」

「おい、まさか」

「では、失礼」

とカードを突き返す。困惑と焦《あせ》りに満ちていた海馬の形相《ぎょうそう》が突然、真っ当に変わって、

「仕様がねえ。持ってけ」

ソファに置いたH《ホーンテッド》バッグを開けて、赤リボン

をつけた〈新・伊勢丹〉の包みを取り出し、せつらに手渡した。

「確かに」

とうなずいてから、せつらはそれを海馬へ放り返して、

？マークだらけの顔へ、

「これ幾ら？」

と訊いた。

「一〇万だ」

「同じ額借りてた」

海馬はパチンと、フィンガー・スナップを効かせて歯を剝《む》いた。

「そうだ、この野郎、ふざけやがって」

「返した以上、また一〇万の貸し」

とせつらは言い返し、

「引き受けよう」

と言った。

「ただし、この店を出たら一〇万円、支払うこと」

「――わかったよ」

海馬がうなずき、せつらは隣に腰を下ろした。

「まずは事情の説明からだ」

海馬はバーボンを空け、軽いげっぷを洩らしてから、話しはじめた。

昨日せつらと会った時には口外しなかったが、海馬はすでに、陣左の住所を突き止めていたのである。〈大久保《おおくぼ》〉の〈韓国人街〉に建つ一軒家であった。

せつらと別れてすぐ、偵察のつもりで足を向けてみると、全てカーテンを下ろした窓の中に、確かに人の影が動いている。海馬の癇《かん》に触れたのは、独りではないらしい影の様子であった。

先を越されたか、と裏の塀《へい》を乗り越えて、様子を窺《うかが》ってみると、いきなり勝手口のドアが開いた。

若い男が立っている。

監視カメラやドローンがないことは確かめてあったから度肝《どぎも》を抜かれたものの、そこは〈新宿〉の探

偵である。死霊《しりょう》がおたくに侵入しているのを見かけたもので、と用意してある護符《タリスマン》を見せかけたところ、いきなりとびかかって来た。

反射的に跳びのいたが、

「ほれ」

とコートの前を開けてせつらにさらした腹は、確かにセーターもシャツもぱっくり裂けて、肌にひとすじ朱線が走っている。

「まるでナイフみてえな爪だ。改造人間かと思ったが、顔を見て思い直した」

硬そうな皮膚、光のつぶれた瞳、一文字に線になったきりの唇。ひとめで人形と知れた。海馬は落ち着いた。命ある人形なら、〈新宿〉にはゴマンと、歩いている。撃退法も〈区〉発行の『〈新宿〉安全観光ガイド』に載っているくらいだ。

暗記してる呪文《じゅもん》を唱《とな》えた。ビクともせずに近づいてくる。右手の人さし指には、海馬のシャツの切れ端がくっついたままだ。

それでも慌《あわ》てず、一〇〇円ライターを取り出して、炎を噴《ふ》きかけた。〈新宿〉のライターは、妖物《ようぶつ》撃退機能が付いている。これは拳銃やナイフも同じで、ナイフの刃には呪文が彫られているし、拳銃の場合は〈区外〉の弾丸を使っても、銃身内に刻印された旋条痕《ライフリング》で、破撃呪符を弾頭に刻み込む。炎は五メートルも伸びた。

顔面を焼かれても、前進は熄《や》まなかった。海馬は家の玄関の方へ廻りながら、どうしたものかと首を捻《ひね》った。ここでトラブルを起こしても、内部《なか》の陣左には何も生じない。出直そうと決めた。跳躍して塀を越えた途端に、背すじが凍りついた。外の通りには、一〇体を超す人形が待機していたのだ。降り立った海馬めがけて突進して来た。後ろの電柱の前で、コンビニの袋を提《さ》げた主婦が二人、ヤーネエという顔でこちらを見つめている。

やむを得ない。海馬は反撃に移った。銃を使うのはまずい。家の前で服用しておいた筋力増強剤は、すでに効果の発揮を待っている。

先頭の三人の顔面に決まったストレートは、久々に会心の出来であった。

ひびが入った。

それだけだ。

無表情な若者と中年女と禿頭《はげあたま》の親父《おやじ》が両手をふり上げた。

それがふり下ろされる寸前、海馬は身を沈め、人形たちの脚《あし》の間を強引にくぐり抜けようとした。

鉄格子《てつごうし》のような脚が行く手を塞いだ。

ミニスカートからこぼれる脚と、鋲《びょう》を打ちこんだジーンズを抱《かか》えて、思いきり跳《は》ね起きた。

「目方は人間より軽かった。二人を放り投げ、片端から突きとばして逃げ出したんだ。駅前の通りへ出たら、ほっとしたぜ。ところがよ」

人混みにまぎれて〈駅〉の方へ、五〇メートルも歩いてふり向くと、二、三人向こうにひびの入った顔が見えた。


「まさかてなもンよ。夢中で〈駅〉まで走り、改札口でふり返った。一〇人組でやって来る。ホームへとび込んだら、すぐ電車が来た。扉が開いて、乗り込んでから改札の方を見ると、奴らが遮断バーを突き壊して追って来る」

海馬が青くなったら、幸い、闇の落ちたホームに連中を残して、電車は動き出した。二年ほど前に、〈新宿〉から〈大久保〉の間が開通した〈新・中央線〉である。

「あいつらが、ぐんぐん遠くなるのを見送って、〈新宿〉に向かった。背すじに薄ら寒いものを感じていたので、取《と》っ外《ぱず》そうと〈歌舞伎町〉へ来たのさ。〈駅〉から真っすぐ人混み中を下りてくだけで、背すじのゾクゾクはおさまった。ところが〈新コマ〉の前まで来た途端、背すじにまた冷気が突っ走りやがったんだ。人混みん中に、いやがったんだよ、あの顔をつけた女が。ピンと来た。奴らタクシーか何かで先廻りして、あちこちに張り込んでたんだ。一〇人じゃ足りねえ。もっと仲間を集めたに違《ちげ》えねえ。こりゃいかんと瞬間変顔《へんがん》シートを貼りつけようとしたら、ああ、切れてやがる。今さら引っ返す気にもならねえ。で、最初に目についた、『鎌いたち』に入ったんだ」

「よくご無事で」

「相も変わらず他人のことなんかどうでもいい挨拶《あいさつ》をするな。とにかく、おれの勘じゃあ、外にはまだあいつらがうろついている。上手《うま》いこと、ここから連れ出してくれ」

「では、覗《のぞ》いてみよう」

　とせつらは言った。

　この時、右の拳《こぶし》を軽く握った。その拳から音も姿もなく、ひとすじの糸が、チタン鋼の糸であるが、もはや物質とはいえぬ直径一〇〇〇分の一ミクロンの糸がせり出して、床を這《は》い、壁を上がって、エレベーターが嵌《は》まりこんだ天井の隙間《すきま》から一階へ、そして外へと消えていったのに、気づく者はいなかった。

　秋せつらの〝探《さぐ》り糸〟。レーダーにおける電波のごとき妖糸《ようし》は、通行人の足首に次々と絡《から》みつき、瞬間にせつらへ送る。人肌か否《いな》か、それを受信するせつらはといえば、瞼《まぶた》を半眼《はんがん》に閉じて精神統一――どころか左手で海馬のつまみのピーナツや酢漬けキュウリをポリポリやっている。

「どうだ？」

　せつらの技をそれなりに心得ている海馬は何をしてやがるなどとは口にせず、ひたすら信頼の一語なのだが、それでも気にはなるらしい。よほど薄気味が悪かったのだろう。

「今のところ大丈夫」

　とせつらが応じるや、大きく息を吐いて、ソファの背にぐったりともたれかかった。

「んじゃ、もうしばらくしたら出られるな」

　口調も雰囲気も落ち着いて、グラスにバーボンを満たしてぐいと空け、

「しかし、おめえ、よく助けてくれる気になったな」

「ちょっと友情」

と返したが、勿論《もちろん》当人も海馬もそんなことは信じていない。

「なあ、秋ちゃん、今の仕事と、おれの件とつながってるんだろ?」

　うす笑いで図星をついてきた。

　せつらにしてみれば、海馬の件だけでは興味もへチマもないが、自分の身にふりかかってきた面づくりという事態が、どうも気にかかる。人形と面と――つながらないような、つながるような曖昧《あいまい》さの中に、どうやら後者だと判断したようだ。それ故《ゆえ》の救出劇であったろう。

「そのメイク師――陣左は死人も生き返らせる。それと人形とどういう関係があると思う?」

「わからねえ」

　海馬は肩をすくめた。

「あんたが来るまでおれなりに調べたんだが、あんな人形をこしらえる技術を持った奴は、〈新宿〉の〝人形師〟の中でも二人しかいねえと出た。〈矢来《やらい》町《ちょう》〉の久毛雅木《ひさげまさき》と〈上落合《かみおちあい》〉の丹後善美《たんごよしみ》だ」

「どちらも内外暁鬼《ないがいぎょうき》の弟子だね」

「そうだ。そして、どちらも激しく憎み合っている。内外流人形づくりの免許は丹後善美に与えられたからだ。久毛雅木は怒りの余り、内外流を脱退し、久毛流人形づくりの工房を開いて、派手に展示会を行なったり、通信教育で客を取っている。対して丹後善美は、師の生き方を真似《まね》て、〈上落合〉の工房で人形を作りつづけている。これだと衝突する理由はなさそうだが、去年の二月に丹後善美が珍しく個展を開くと、久毛雅木も〈新・伊勢丹〉でやらかした。勿論、あてつけさ」

　せつらが、かすかにうなずいた。〈新宿〉のあらゆるマスコミを通して行なわれた大宣伝を覚えていたからだ。

「知ってたか。なら結果も知ってるな」

海馬は苦笑を浮かべた。

結果は、ひっそりと一〇体に満たぬ作品を展示した丹後善美が大絶賛を浴び、マスコミ総動員の久毛雅木は、はっきりと、

「未熟」

「精神を忘れた影」

と報道されたのだ。もともと丹後善美に久毛と争う気など毛頭《もうとう》なく、いつものようにひっそりと開いた個展の結果は、久毛とは無関係に、

「真に人形に生命を与えた」

と絶讃を浴び、作品は即日完売となった。噂《うわさ》によれば、マスコミを先にあおったのは、久毛と考えられ、その結果はもとより丹後善美には無関係だったのだが、久毛の怒りと憎悪は一方的に熱く、止めどなく広がって、何やら良からぬ奸計《かんけい》を巡らせていると、これは人形づくり関係者の定評であった。

どちらにせよ、決定的な謎は残る。何故《なぜ》、稀代《きたい》の人形づくりたちが、殺人人形をこしらえ、海馬を襲ったのか？

もう一つ――〝ライフ・アーチスト〟陣左の家の中にいたのは何のためか？

「どちらの作にせよ、直接つくり手に訊いてみるのが早道だな」

海馬が決心したように言い放った時、もうひとりの〝避難人〟が立ち上がって、こちらへ大型のロケット・ガンを向けた。

「動くな。もうあんたたちは、弾丸のレーダーがロック・オンしてる。一度とび出したロケット弾は確実に命中するぞ」

ロケット――自ら推進する砲弾を発射する武器は、千年も前からあったが、ちっぽけな弾丸自体がセンサーとなって、ロック・オンした標的に命中する誘導型《タイプ》は、つい最近開発されたばかりだ。しかし、すぐに廃《すた》れてしまい、今ではSNSの掘り出し物サイトか、〈花園《はなぞの》神社〉の〝何でも市〟で入手す

るしかない。理由は簡単。もっと小型で軽量、火力でもひけを取らない拳銃が、幾らでもあるからだ。

「――何の真似だ、この野郎」

と海馬が凄《すご》んだ。男は顔中からしたたる汗を手で拭《ぬぐ》い、せつらを見ないように、

「さっきのカードをよこせ。いつまでもここにはいられねえ。特別料金がかかるからな。早いとこ〈区外〉へずらかるんだ」

と嗄《かす》れ声で喚《わめ》き、

「それと――〈新・伊勢丹〉の宝石だ」

「なにィ？」

立ち上がる海馬は凄み、ひっと後退した男へ、

「わかった」

とせつらが声をかけた。

「え？」

二人揃《そろ》って、顔をそむけつつせつらの方を向いた。

「持って行け――その代わり」

「代わりはねえ！　条件なんかつけるな！」

「大したことじゃない」

せつらがこう言った途端、男は硬直した。海馬が、

「縛《しば》ったのか？」

と訊いた。世にも美しい顔が、茫洋と、

「厳しい状況になってきた」

と天井をさした。

「上に――いるのか？」

「店じゃない、外だけど――じきにやって来るなあ」

「なら、まだ店にゃ入っていないな」

「遅かれ早かれ来る。ほう、他の店にも入った。ここへ来ると、死人が山ほど出る。責任問題だ――おたくの」

「じゃあ、外へ出るのか？」

海馬が焦りまくった声で訊いた。

「出る。ひとつ確かめたいこともあるし」

「何だ、そりゃ?」

「彼に確かめてもらう」

せつらは石像と化したロケット・ガン男の方を見た。

「残念ながら、報酬はなし。僕に武器を向けた罰だ」


一階へ上がり、三人は外へ出た。支払いは海馬のカードである。

まず、せつらが、続いて男が、最後に俯《うつむ》きがちに海馬が出た。

途端に、行き交う通行人の中から四人が急速にせつらと男に近づいて来た。

男が、ワオと洩らしたその前を左右に分かれて、背後の海馬に波みたいに打ち寄せるや、右手をふり上げた。

観光客らしい悲鳴が上がり——血を噴き上げた。

ほとんど同時に、人形たちのうち二体が爆発した。

海馬の隠し持った炸裂《さくれつ》弾の威力であった。

遠巻きに眺めていたせつらは、喉《のど》を切られて倒れた海馬を気になどしなかった。すぐに〈メフィスト病院〉の〈救命車〉が駆けつけた。巡邏《じゅんら》中の警官も走って来たではないか。

しかし、もう一つの出来事——殺人に関わった四人の男女のうち破壊された二体以外の首が落ち、腕が落ち、脚をつけ根から断《た》たれた胴体が輪切りになって道路に転がるとは。しかも、一滴の血も流さずに。


きっかり一分後、駆けつけた〈救命車〉が血まみれの死体を蘇生させるべく、そして、四体分のバラバラ人形を調査すべく、〈メフィスト病院〉へと走り去った時、「鎌いたち」で仕入れた「もどきマスク」で男を自分に変えた海馬とせつらは、月光に照らされた〈歌舞伎町〉を〈旧・区役所通り〉へと歩き去った。

3

せつらの目的とは、人形たちの認識能力であった。彼らがどのように敵を識別するのかは、海馬の扮装《ふんそう》を施《ほどこ》した男を襲ったことで、外見によるものだと判明した。

同時に、せつらの糸で全身を寸断されると死者のごとく動けなくなることもわかった。

しかし——

「あいつらがあんなにあっさりやられるとは信じられねえな」

とマスクを外した海馬が唱え、

「ああ。吹っとばされた女性も、〈救命車〉に運ばれた時、まだ動いていた」

とせつらも言った。〈救命車〉が来る前に、他の人形は集まっては来ず、二人は現場を離れたが、〝探り糸〟はまだ活動を続行中だったらしい。

「他のは？」

「死亡」

のんびりと返って来た言葉に、海馬は戦慄《せんりつ》した。あれだけ執拗《しつよう》に自分を追い詰めた人形たちを、一瞬のうちにまとめて処分してのける男は、眼前でメロン・ジュースのストローをくわえている。〈四ツ谷《よ　や》駅〉前のカフェであった。勿論、近所のＡＴＭで依頼料の残りを下ろした後だ。

「どこが違うんだ？　おめえの糸でやられた人形は死んで、ロケット弾でやられたほうは生きてるてのは？」

「ここ」

せつらはストローを放して、左胸をさした。

「心臓か？　まさか、あいつら？」

「人形づくりは、人形を動かすことは出来た。けど、その程度なら〈新宿〉には幾らもいる」

「………………」

「今頃、〈新宿署〉の検屍官が張りついてる」

「心臓をつけた人形かよ?」

「ロケット弾は、一体は心臓を破壊したが、もう一体は外した。動いてたのはそいつだ」

海馬は太い眉を寄せて、歯ぎしりをした。

「人形の生命は、心臓あたりか。人形づくりは神さまか?」

「かも」

「ぐええ。一体どいつだ、そんなものこしらえたのは?」

「じきにわかる」

「え? おめえ調べてるのか?」

「はて」

せつらはとぼけた。人形になど関心を持っていない。ただ、そいつが絡むとうるさいという予感もあった。

「——しかし、あいつら、陣左とどんな関係があるんだ?」

「つくった奴に訊いたら早いと思う」


こう言って、せつらは立ち上がった。

「おい、置いてく気か?」

「依頼されたのは、人形からの護衛。ばいばい」

「おい」

海馬は抗議しようとしたが、黒コートの美影身《びえいしん》は夜の闇に呑まれていた。


「駄目なのよ、情斎。駄目なのよ」

と女は哀願するように、声をかたわらに横たわる裸の男に乗せていた。

「ほう、やはり、おまえには、荷が重すぎたかもしれんな」

「そんなこと、ないわよ。だけど今すぐは無理なの」

「まだ、会いに行きはせん。と言っても、何もせんわけにはいかんしな。そのモデルは明日もやって来るのか?」

「ええ、約束は守ると聞いてるわ。本人を見たら、約束なんかに縁はなさそうだけどね。あんな小春日和《こはるびより》にぼうっとしているふうな男が、〈新宿〉の化物も平気で切り刻むだなんて想像もできないわ」

「それなら、おれもおまえもよく知っている。この世界が人間たちのものと考えてるのが、傲慢《ごうまん》な証拠よ。この街へ来た時、おれもよおくわかったが、コンピュータにも複製が不可能な色男とは、ちょっと信じられんな」

「見なかったの、失敗作を？」

「確かに、あれだけ見ても、うっとりとするほどのハンサムなのは確かだ。しかし――」

「いつか会う相手よ。慌てることはないけれど、このままでは目的が遂《と》げられないわ」

女は宙を見上げた。端整《たんせい》な顔に絶望の虚無が広がっていた。

男はその顔を愉《たの》しむように眺めてから、剝《む》き出しの乳房に舌を走らせ、乳首を含んだ。

女が、あっと放った。ひと咬《か》みで絶望が押さえていたそれ自体の情欲が全身に溢《あふ》れ出した。

女は股間に男のもたついた手を導《みちび》いた。

「どろどろだぜ」

女がヒイとのけぞった。男の指はいきなり最も敏感な隆起に触れていた。後は技術次第だった。

「心配はいらん。時間はかかるかもしれんが、おれが引き受けた以上、心配する必要はない」

男は、舌を喘《あえ》ぐ頰《ほお》から喉に這わせていった。女の反応は途切れ途切れの喘ぎ声であった。

喉から乳房へ戻ると、次の目的地――腋《わき》の下へと向かった。女は自ら両腕を上げて、腋毛の濃い部分をさらけ出した。

そこを唾液まみれにしてから、何度か乳房への往復を繰り返し、女が背に爪を立てたのを合図に、男は貫《つらぬ》いた。

「絶対に――絶対に」

女は熱いうわごとのように口走った。

「――力を貸して――あの人を生き返らせて――

〈魔界都市〉一の美しい男《ひと》を」

翌朝、東の空に水のような光が滲《にじ》みはじめた頃、せつらは〈大久保〉の〈韓国人街〉の一角にいた。言うまでもなく陣左 某《なにがし》の家の近くである。〈歌舞伎町〉の戦いで四体の人形は斃《たお》したが、最低でも六体余は残存しているし、さらに増えている可能性もある。

終日営業の食堂へ入り、また〝探り糸〟をとばした。

家の外にも内部にも人の気配はなかった。生活用品はそのままだが、逃亡したという勘が働いた。となれば、いなくなった人形たちは、陣左の手足に違いない。

湯気の立つアワビ粥《がゆ》を口へ運びながら、遠くまで来て損したなと思った時、店の戸が開いて、長身で恰幅《かっぷく》のいい和服姿の男が入って来た。黒羽織《くろばおり》に黒《くろ》袴《ばかま》、足だけはアンクル・ブーツだが、これも黒だ。荷物は何ひとつ持っていない。

男は店内を見廻し、せつらに眼を向けると、足早にやって来た。

「よろしいか？」

テーブルの向こうの席である。

「はあ」

男はにやりとして、

「では」

椅子を引いた。

ふらふらになった女店員が注文を取りに来た。せつらを見てしまった、いわゆる、せつら効果である。

「アワビ粥」

注文してから、女店員がふらふらと去って行くとすぐ、

「秋せつら」

と呼びかけた。

「久毛雅木」

「ほお、よくご存じだな」

男の口元はほころんだ。

「状況からして、出て来てもおかしくない男はひとりです」

とせつらは言った。

「それに、羽織の袖《そで》に木の削り滓《かす》がついてる。今日も楽しい、人形づくり」

ぶつぶつと言った。無関係な人間には、寝言としか届くまい。

男――久毛雅木はついに笑い出した。

「人捜《さが》し屋も〈新宿〉一となると、ホームズの真似もやるらしいな」

「で――何か？」

ぶっきらぼうな問いである。恐るべき殺人人形集団の製造者は、一瞬、凄《すさ》まじい光を眼に広げたが、すぐに、

「陣左捜しを依頼されているのかね？」

と訊いた。真顔である。親しみやすい笑《え》みは消えていた。

「職業上の件は秘密事項に」

春の陽ざしを浴びているような声と表情が、言い草と全く乖離《かいり》しているのは凄い。

「残念だが、あの家にはもう誰もおらん。陣左氏は精鋭部隊に守られて、別の場所に越した」

「ご丁寧《ていねい》に――あちち」

せつらは上体を曲げて、まだ粥の入ったレンゲを口から離した。

その鼻先に、久毛がハンカチを突きつけた。

「どーも」

受け取って、鼻口を拭うせつらをしみじみと眺めながら、

「手を引いたらどうだ？」

と言った。

「どうも――何故？」

ハンカチを返してから聞いた。

「わたしは陣左氏のガードを受け持っているが、争

いは好まん」

「僕も」

「なら双方の利害が一致したわけだ。退《ひ》いてくれるかね？」

「ノン」

「ふむ、これは困った」

久毛は細い顎に手を触れて、首を傾《かし》げた。

「君を片づけるのは造作もないが、あまり派手なことはしたくない。ここを出てからにしよう」

返事の代わりにせつらは右手を肩まで上げた。OKの合図である。

二つ目のアワビ粥が運ばれてきた時、せつらは食べ了《お》えていた。

「んじゃ」

と挨拶して、レジで勘定《かんじょう》を済ませて外へ出た。

濃い闇が湧いているが、通りにまだ多く久毛の刺《し》客《かく》が潜んでいるかもしれないが、せつらは気にせず〈駅〉の方へ歩き出した。周囲の通行人にはすべて〝探り糸〟が接触し、人肌を確認する。

「ちょっと」

声がかかったのは、〈駅〉まで二〇メートル足らずの位置であった。

白っぽいコートにグレーのマフラーを巻いた娘と、頭から茶渋色のマフラーを巻いた中年女が前からやって来る。声は中年のほうが出したものであった。

どうやら、前の娘にかけたらしく、しかし、聞こえたのか、逆か、それとも聞こえても無視するつもりなのか、足早に進む娘を、ひと呼吸待ってから、両手をふり廻す勢いで駆け寄って、その肩を摑んだ。

「何よ⁉」

娘がふり向いた。

中年女はその顔にこう言ってのけた。

「久毛の娘ね」

娘が表情を変えるのも待たず、中年女は何かつぶやきながら、女の側頭部に両手を当てた。

ひょいと捻った。音もなく若い顔は九〇度横を向いた。

中年女が離れると、娘は、あら？　と言いながら、頭に手を当てて元に戻そうとした。右手に細長いナイフを摑んでいる。

何とも不気味で、アニメか漫画みたいなユーモラスな光景に、他の通行人たちがさまざまな表情を浮かべて避けながら行き過ぎる中、中年女は足早にせつらに近づいて、

「あなた、狙われていたよ、知ってた？」

と訊いた。

街灯の光の下で見ると、皺《しわ》は深いが、その目鼻立ち、全身の雰囲気も人品卑《じんぴんいや》しからぬものがある。

「はあ」

曖昧な返事をせつらはした。実はこの娘について、妖糸は人肌と判断したのである。だが、白肌の黒子《ほくろ》のように気に障《さわ》るものがあった。いつでも妖糸で首を落とす——その準備は怠《おこた》っていなかったが、いきなり見ず知らずの女にこう告げられて、少しとまどったのである。

「あちらへ」

中年女はせつらの背を、少し後ろの横丁へ押し入れて、

「なんてハンサムな男なの。あたしの手にも負えやしない」

恍惚たる瞳は月以上の冷徹さでせつらを映していた。だが、手に負えないとは、どういう意味か？

「噂に聞く人捜し屋さんってあなた？」

「はあ」

とせつらは応じてから、

「丹後善美さん」

女は顎を引いた。さすがに足を止め、

「よくご存じね」

しみじみと言ったものだ。

「有名人」

「よして。それよりあなた、なぜ雅木の子供なんかに狙われてるの？　あいつにとってまずい相手を捜してるとか？」

「よほどお嫌いで？」

「勿論よ。あの男は天才だけど、内外流の恥さらし。千年の歴史の中ではじめて生まれた癌《がん》細胞だわ」

　力と憎しみをこめて口上《こうじょう》を述《の》べてから、急に気づいたらしく、

「失礼しました。あなたを見ていると、急に――」

「はあ」

　女――丹後善美が、横丁の入口の方を見て、

「もう大丈夫だわ。気をつけてお帰りなさい」

　丁寧に一礼して、では、と〈駅〉の方へ戻ろうとするのへ、せつらはこう声をかけた。

「少しお話を」

　一夜一時間足らずのうちに、今回のキーマンともいうべき二人の人形づくりに会えた。〈新宿〉一の人捜し屋が、この機会を逃すはずがなかった。

「よろしいですとも」

　丹後善美も、優雅にうなずいた。

第三章　人形づくりの怪

1

翌日、せつらは時間どおりに〈左門町〉のアトリエを訪れた。

蒼磁瑠璃の冷たく艶《つや》やかな笑みが変わらずに迎えた。

せつらはソファにかけ、数メートル離れた場所で、瑠璃は面を彫る。

窓外には木立ちと紅葉の絢爛《けんらん》が秋の空に映《は》えている。

作業開始から一時間、紅葉が一枚散った。散りはじめた。生命《いのち》を失ったかのように、紅《あか》い花びらは地を埋めていった。一枚残らず、華麗な紅を失い、黄色に乾ききっているのは、瑠璃の鬼気ともいうべき精神集中の成果であった。

最後の一枚が落ちた時——瑠璃も作業台に突っ伏《ぷ》した。

精魂こめて——このひとことが相応《ふさわ》しい。だが、それは激しい胸の動悸《どうき》や喘《あえ》ぎ、全身の震えによって表現されるべきだ。そのどれもを欠いた面づくりの姿は、死者そのものであった。

「おしまい？」

せつらが訊《き》いても、返事はない。妖糸《ようし》をとばして瑠璃をゆすっても同じだ。一本、首すじのツボに刺すと、ひとつ痙攣《けいれん》して、呼吸《いき》を吐いた。

「いかが？」

と訊くと、何とか上体を起こして、せつらを見つめ、

「精神《こころ》は何処《どこ》へ行ったの？」

臨終の声であった。

「あなたの精神は別のものに奪われているわ。平凡な思考ならいいけれど、それはひどく重くて真剣なものよ。それが私の執念を撥《は》ね返してしまう」

「はあ」

せつらの返事には、バレたかという思いが含まれ

ていた。

実は、昨夜会った丹後善美との会話を思い出していたのである。

内外流の確執を話してから、善美は陣左某《なにがし》というメイク師のことを聞かせたのである。

「私が〈大久保〉にいたのは、久毛が〈区外〉からやって来たメイク師の護衛を頼まれたという話を耳にしたからなの。彼が子供たちを使って、そんな仕事をしているのは摑《つか》んでいたけれど、今日、大きなトラブルがあって、子供たちが〈歌舞伎町〉まで大挙出動したと。彼の護衛たちは、同時に恐るべき殺人者にもなる。そこで、彼の動きを突き止め、内外流の名に泥を塗るなと談判するつもりで出かけ、あなたに会ったのよ。恐らく、そのメイク師は、かなりの大物なのね。死人も生き返らせると聞いたもの。それで久毛が護衛役を引き受けたのもわかるわ。私たち人形づくりの究極の目標――到達点というのをご存じかしら?」

こう問うてから、

「生命なき人形に生命を吹き込むこと。私の生命がそこで尽きるとも、この願いは変わりません。生を得た我が子の足下で、私たちは喜んで死の道を歩むでしょう。だけど――」

ここで言葉を引いてから、せつらをじっと見つめ、紅潮した顔と声で、

「生を得た人形たちが、その性質《さが》正しいものとは限らないの」

と言った。

「あなたのお友だちを狙《ねら》ったのは、久毛の指令によるものだけど、生命を得た上での邪悪さは人形固有の性質になります。そして、その邪悪さ残虐さは人間と比較にならないわ。これは私の勘ですが、久毛とそのメイク師が手を組めば、〈新宿〉にはおびただしい悪鬼が生まれることになる。そうなったら、私にも打つ手がないわ。恐らく久毛雅木にもね」

「そんなもの生み出してどうしようと?」

「よく考えれば、ただ生命を吹き込めればいい——ある意味、真の人形師の辿《たど》り着く果てだわ。だけど、邪悪な意図を持って、こういうものたちをつくり出すのは、彼らを使って途方もない悪を行なわせるために決まっている。私は後者を取るわ」

せつらは溜息《ためいき》をついた。

——ついてから、

「どうします？」

と瑠璃に訊いた。

「どうにもならないわ」

と言った。

「は？」

「生命だけではなく、魂までこめたつもりだったけど、それでもあなたは彫りきれない。このまま続ければ私は死んでしまうでしょう」

瑠璃の顔色は紫色に近く、失われた肉は顔の骨や頬骨を露《あらわ》にしていた。正に身命を刻む作業なのである。

そんな生死を賭けた状況とは無縁に、

「どうします？」

せつらの声は茫洋《ぼうよう》としている。

「少し休みます。あなたもそうして」

「どれくらい？」

「一時間」

「はーい」

せつらは立ち上がり、瑠璃の方を見ようともせず外へ出た。

「このままじゃ、どうしようもないわ。あの人の美しさは別格。私の技倆《うで》では表現できない。いっそ妥《だ》協《きょう》したら？　それでは獄也を救えない。あの男《ひと》のあの顔を、そのまま写し出さなければ——」

一時間後、せつらが戻ってきた時、瑠璃の姿はなく、初めて見る顔がソファにかけていた。

「えーと」

と四方を見廻《みまわ》すせつらへ、

「秋せつらさんだな。おれは海壺《うみつぼ》情斎だ」

「蒼磁さんの」

　のほほんとした顔を見て、情斎が笑った。

「そんな顔して面白い男だな」

「どーも」

「昼間から一杯やるか？」

「いえ。蒼磁さんは？」

「病院へ行ったよ。あんたが出てった後で、急に貧血を起こしてな。心臓にも来てるようだ。あとはおれが引き受ける」

「やめたほうがいいのでは？」

　せつらがこう言うと、その口調にもかかわらず、情斎は凄《すご》みのある顔の中で、凄《すさ》まじい光を眼に宿した。

「死んでもやめやしねえ。恐らく生命と魂を悪魔に売っても、あんたの顔を彫り続けるだろう」

「死んでは元も子も」

「生命と魂以上に大事なものがあるんだろうよ——何だと思う？」

　再び、片方のみ生命と魂をこめた木彫りが開始された。

　一時間がたち、二時間が過ぎた。家の外には、もはや散る紅葉はなかった。


　待つこともなく、瑠璃は診察室に通された。ホールの出入口のヘルス・ロードを通ればすぐ、視界に、行くべき科名と場所が表示される。瑠璃は特別心療科であった。

　精も根も尽き果てた身体《からだ》には、二名の看護師が付き添い、入室の際、ひとりが、

「院長が診《み》られます」

とささやいた。

　ベッドに横たわると、正にすぐ——数秒で白い院長が現われた。白いケープの上で、玲瓏《れいろう》たる美貌《びぼう》が、瑠璃を見つめた。

　ここは〈メフィスト病院〉、院長の名はメフィス

トか。

「一度来たね」

　冷たい刃《やいば》のような声をかけられ、瑠璃は思い出した。二年前に一度、人間ドックに入ったことがある。

「今回は前よりひどい。きわめてキツい――理不尽とさえいえる作業を行なってきたようだ」

「そんなこと――」

「医者に嘘《うそ》をついてはいかん。君の技倆《うで》と評価は私も聞いている。難しい面を彫ったね――秋せつらの面を」

　驚きが死にかけた身体と意志を覚醒《かくせい》させた。

「どうして――それを？」

「君の技をもって彫れないものは、まずこの世界にあるまい。例外は二つだけだ。すなわち、〈新宿〉の白い院長と黒づくめの人捜《さが》し屋と」

　繊手《せんしゅ》が、瑠璃の左手首を捉《とら》えた。

　ドクター・メフィストはうなずいた。

「質問を二、三する」

「はい」

　瑠璃は同意した。答えさえすれば、死の淵《ふち》をさまよいつつある肉体と精神が蘇生《そせい》する――そんな確信を、手首が伝えて来た。

「その面を彫ることになった経緯《いきさつ》は？」

「それは――言えません」

　メフィストはこだわらなかった。

「次だ。その面を彫ってどうするつもりなのかね？」

「それも――言えません」

「よかろう――それが君の望んだ答えだ。楽になったかね？」

「あっ⁉」

　瑠璃は胸を押さえた。そのとおりだったからだ。

「一時間ほど休んで帰りたまえ」

　白い医師は身を翻《ひるがえ》した。

　弛緩《しかん》しきった身体をもう一度ベッドに横たえ、瑠璃は、留守のアトリエで、せつらを相手にしている海壺情斎の苦悶《くもん》を思った。

凄まじい光が両眼の色を変えた。

「この感じは――まさか獄也が外へ⁉」


六時間で情斎は倒れた。

相変わらずの男が、

「で、どうします？」

と訊いた。

荒い息と苦悶に歪《ゆが》んだ声が、

「続行する。おれは女みたいに甘かねえ」

「お二人のご関係は？」

せつらは揉《も》み手でもしかねん調子で訊いた。むろん猿芝居だ。

「よけいなことを訊くな。お前の仕事はモデルだ」

「しかし、彫り手が二人ともダウンしては、もう無理では？」

「うるさい！」

叫んだ情斎の口から、血塊《けっかい》が床へとんだ。

「無茶は――」

いけませんと言うつもりだったのだろうが、言い出す前に、情斎の血まみれの唇が、

「まさか、獄也が」

とつぶやいた。それがよほど恐ろしい事柄を意味しているのか、言葉を失った唇が、ぱくぱく動いただけで、彼は台上に突っ伏してしまった。

「また、病院か」

せつらがこう言ったとき、窓の外から凄まじい金《かな》切《き》り声《ごえ》が聞こえた。悲鳴である。

普通なら放っておくのだが、位置からしてこのすぐ近くだ。そして、無関係でもなさそうだ。

せつらが軽く床を蹴《け》ると、空中にいた。天窓だ。鍵を開けて、覗《のぞ》き込み、

「お、誰かが」

影がこのマンションへ入るのを目撃したのである。他に通行人らしい女が二人、金縛《かなしば》りに遇《あ》ってい

る。

「獄也――か」

　ふと浮かんだ名前の主の訪問を、せつらは疑わなかった。〝探《さぐ》り糸〟は一階から上がって来るものの気配も足音も伝えてくる。

　ドアの前。

　蝶番《ちょうつがい》がきしんだ。

　どことなくぎくしゃく入って来た人影を見て、せつらは、

「へえ」

　とつぶやいた。

男だ。黄色いモケットを着て、ブーツをはいている。どちらも、いま買ったばかりの新品に見えた。

　ただし、首がない。

　それでもせつらに気づいたらしく、彼の方を見上げて立っている。

「名乗れる?」

　黙っている。

「やっぱり」

　首なし男は、それでもゆっくりと、足跡を確かめるように、せつらの真下へ歩いて来た。

わっと情斎が跳ね上がった。見えない針で覚醒のツボを突かれたのである。

　急に何もかもというわけにはいかず、ぼんやりとせつらを見上げ、その指が前の方をさしているのにつられて、ひょいと。

　顔ばかりか全身が驚愕《きょうがく》を露にした。

「獄也！　――とうとう⁉」

　その声を情報にしたか、首なし男は大股で情斎の方へ近づき、足も止めずに襲いかかった。

指が触れる寸前、面づくりの身体はふわりと宙に浮き、天井まで上がって、そこで停止した。

「こっち」

　せつらの声は首なしの背後から聞こえた。

　首なしはふり向いた。

両手を伸ばして攻撃に移る。声の位置で虚《むな》しく空

を摑む指。せつらは頭上にいた。

「首はなくても声は聞こえる。でも、どうやってここへ？」

せつらは情斎を見た。気配でわかったのか、向こうもせつらを見て、口ぱくで、

――声を出すな
と告げた。

――何、これ？

せつらも口ぱくで応じる。

――獄也という名の人形だ
――どうして、ここへ？

――あと一歩で生を得るほどの人形専門の保管所がある。そこから脱《ぬ》け出したのだ。恐らく、いつまでたっても手に入らない自分の顔にキレたのだろう。

――バラしていい？

――いかん！

――どして？

二人の声なき会話は数秒にすぎなかったが、首なしにとっては再びキレるのに充分な時間だったようだ。
いきなり両手をふり上げて、周囲を確認して歩き廻りはじめたのだ。失敗作の面の山を踏み、何を感じたのか、動きを止めるや、身を屈《かが》めて、破壊面の山を漁《あさ》りはじめた。失敗作のせいか、次々に放り投げ、叩《たた》きつけ、ふいに手を止めた。
――どしたの？
――とりあえず、気に入った顔を見つけたのだ。となると――台がいる
情斎の言葉の意味は、彼自身が説明した。
――あいつの右側にある作りかけの身体に顔の部分を与えろ
答える代わりに、短い光条が走ると、人台――作りものの胸部の上の顔部分が鮮《あざ》やかに切断されて、すうと宙をとび、首なしの首の部分に固定されたのである。この人形は現代人の標準サイズを採用して

いるらしく、眼も鼻も口もない顔は、ぴたりと首なしの首と化した。

彼は爪で顔の上部に横の切れ目を二カ所入れた。眼だ。そのやや下にもう一本横へ——口だ。

即製の顔は四方を見廻し、ついに空中の二人を捉えた。

「見ツケタゾ」

確かに男の声で呻《うめ》くなり、少し離れたところにある道具入れから、二本の鑿《のみ》を摑むや、二人に向かって投擲《とうてき》するまで約二秒。

次の驚くべき光景まで一秒——せつら目がけた一本は弾《はじ》きとばされたが、情斎への一本はその鳩尾《みぞおち》を貫《つらぬ》いたのである。せつらの妖糸はしくじったのではない。断《た》ち切られたのである。

だが、同時に「獄也」の首もまた、鮮やかに切断されて宙へ舞った。

両手がそれを摑んで引き戻した。首は同じ場所に固定された。眼も口もない。後ろ向きなのだ。

2

苦鳴《くめい》はわずか——ぐったりとぶら下がった情斎をそのまま、せつらは妖糸を一閃《いっせん》させた。狙《ねら》いは——

そいつはどっと前方に倒れた。両脚は膝《ひざ》のやや上から切りとばされていた。

そいつ——もと首なしは、切られた足を求めて、床を掻《か》いた。

「捕まえる」

のんびり宣言した耳に、

「よせ——」

苦痛に満ちた呻きが上がった。空中の情斎であった。

「どして？」

「……獄也は……悪鬼に変わる……そうなったら……あんたや……ドクターでも……止められない」

ドクターとは言うまでもなくメフィストのこと

だ。

「放っときゃ、そうならない？」

「多分」

「なら、今」

「よせ……瑠璃に……任せ……ろ……あいつが……いれば……おとなしい」

「なんで？」

答えはなかった。情斎は意識を失ったのである。

「もう」

口をややへの字に曲げて、せつらは足へとにじり寄るもと首なしの全身を糸で巻いた。

「どうしたものか」

スマホが鳴った。

瑠璃からであった。

「首のない人形が来ていない？」

「来た」

息を呑《の》む気配が、伝わって来た。

「待ちくたびれたのね――どうなった？」

「縛ってそこにいる。バラバラにしようかと」

「やめて！」

瑠璃は絶叫した。

「それは――私の弟なのよ！」

〈区外〉の人間が聞いたら、まずこの女は気がふれているかと思い、病院へという騒ぎになるだろう。

スチロールに粘土を塗り、胡粉《ごふん》で塗装したきりの頭を後ろ向きにつけて、横たわる人形が弟だとは。

「へえ」

と応じたところを見ると、せつらも少しは驚いたのかもしれない。

「とりあえず、〈救命車〉を呼んで。細かい話はそれからだ。患者の状況は、鑿による肺の貫通」

いったん切って、それから瑠璃はもう一度かけてきた。

「詳《くわ》しいことを訊きたい？」

「一応」

「その前に獄也を隠して。そこの地下でいいわ」

「オッケ」

と答えた時、サイレンが聞こえた。〈救命車〉ではなく、〈区〉の救急車であった。

獄也を地下室へ隠し、情斎の搬送手続きを取ってから、せつらはこの場所に残ろうとしたが、通報者からということで、同行が求められた。戦闘による傷害であり、やむを得ず同行に応じた。

救急車の目的地は〈新宿警察病院〉であった。緊急の場合は〈メフィスト病院〉へ直行するのだが、情斎の容態は緊急事態と判断されなかったらしい。

偶然あのマンションの前を通りかかったら、悲鳴が聞こえたので入ってみたら、男が横たわっており、犯人の姿はなかった。自分はあくまでも善意の第三者だと、せつらはのんびりまくしたてた。簡単な手続きでお帰りくださいとなった。〈警察病院〉では、せつらは、外部の重要人物である。そのやり口もみな心得ているから、解放は瞬《また》く間であった。

早速《さっそく》、瑠璃と連絡を取ったが、通じない。

〈メフィスト病院〉へ廻ると、すでに退院した後であった。

〈左門町〉のマンションに駆けつけた。

仕事場に瑠璃がしゃがみこんでいた。

せつらが何か言う前に、瑠璃は、

「逃げたわ」

と言った。

「ありゃ」

せつらの反応が終わってから、少し待って、

「ねえ、この街なら、獄也の棲家《すみか》が見つかるかしら？　〈新宿〉で、人知れず、穏《おだ》やかに暮らしていけるかしら？」

「穏やかの程度によりますね」

「どう思う？」

「ダメ」

「正直な人ね」

瑠璃は全身の力を抜いた。

せつらにしてみれば、妖糸を切断した相手であ

る。凶器を持たせたら、どのような事態が待っているかは想像に難《かた》くない。あれで隠棲《いんせい》など望むほうが無理というものだ。

　どうやったのかはわからないが、せつらは獄也の身体を妖糸で縛《ばく》しておいた。刃物がないのも確認した。なのに逃亡した。

　どんな手を使ったのか？

　瑠璃に尋《たず》ねても答えは出てこなかった。

　断たれた時間は、せつらがここに到着する十分ほど前である。それまでに、人形の身体にどんな変化が生じたのか。

「早く、彼を捜して。〈新宿〉一の人捜し屋と聞いています」

「それはまあ」

　隠れ家がないと答えたのと同じ意味で、獄也は人目を引かざるを得ない。

　動く人形――どう隠れても無駄だ。ましてや彼は
――


「獄也は三年前に死んだ私の弟よ。それは綺麗《きれい》な子供だった。一度死んだ者も、この街なら生き返らせる。でも、私は面づくり。顔しか作れないわ。どうしたら生き返らせられるのか。そこへ生命ある人形の話が来たのよ。これならと思った。そして、ある人形づくりに獄也の首から下を作ってもらったの。首も用意したわ。そして、弟は復活した。でも、彼は以前の弟じゃあなかった。自分の顔がないことに怒りまくった。挙句《あげく》、顔を求める殺人鬼と化してしまったの。獄也は今、元の自分になりたいと思っているのよ。人形が人間に――でも、この街の人ならわかるでしょう。そして、弟は何よりも自分の顔を取り戻したがっている。隠れ家を脱け出してここへやって来たのも、その欲望が極端に肥大化し、歪みきったため、自制心が麻痺《まひ》しきってしまったからなのよ」

「はあ」

　とせつらは小さくうなずき、

「そんなにいい男？」

と訊いた。その時の心理を分析したら、学界を揺るがす一大論文になるかもしれない。

「あなたに負けないくらい」

「へえ」

「ドクター・メフィストも三舎《さんしゃ》を避けるわ。だから、あなたをモデルに選んだのよ」

「最初から弟さんを再現すればオッケでは？」

「一枚の写真も残っていないの。実家が火事になった時、みんな焼けてしまったのよ」

「けど、人形に僕の顔をつけて生を与える――それだけじゃ、もうひとりの僕が生まれるだけ。弟さんの復活にはならない」

「実験よ」

瑠璃がおずおずと口にした。

「あなたの顔が面に出来れば、弟の顔だって――」

「写真もないのに？」

「それは――記憶を辿るしかないわ。大丈夫、私は、弟の顔のすじ一本まで頭に入っているの」

「だったら最初から」

「念には念を入れたのよ」

「ふむふむ」

納得したのかしなかったのか、せつらがこう言ったとき、スマホが声を上げた。

「〈慶応病院〉の廃墟《はいきょ》内で、観光客が首を落とされる奇禍《きか》に遭遇《そうぐう》しました。犯人は日本刀のようなもので犯行に及んだ模様で、目下、〈機動警察《コマンド・ポリス》〉が駆けつけ、犯人逮捕に全力を挙げています」

スイッチON／OFFを問わず流れる緊急ニュースであった。

「まさか」

緊張の精と化した瑠璃へ、

「きっと」

とせつらは、もっと固まりそうな返事をしてから、

「また後で」

と身を翻したが、

「私も行くわ！」

と瑠璃は発条《ばね》仕掛けの人形みたいに跳ね上がった。

タクシーが到着したのは、立ち入り禁止テープを張った、廃墟の玄関だった。見物人の山が出来ている。大概《たいがい》は観光客で、スマホやカメラを掲《かか》げている。建物の周りには、ドローンの影も見えた。旋回する何機かは、観光客や〈区民〉のものだろう。

「いたぞ！」

人混みの中から声が上がった。

「三階の奥だ！　わっ⁉」

「どうした⁉」

別の声が訊いた。

「おれのドローンに何かをぶつけやがった。ああ、畜生《ちくしょう》——三〇〇万もかけたのにイ」

「入らないで！」

テープの向こうの警官の声がひときわ高くなった。

「非常に危険です。今、〈機動警察〉が突入しました。お待ちください」

「でも——夫と子供たちが」

「とにかく、いけません」

あちこちで同じような押し問答が展開していた。

「ここにいて」

せつらの腕に瑠璃がしがみつく。

「嫌よ、連れてって」

「責任は持てない」

「わかってます」

二つの身体が宙に浮いた。

足下でどよめきが広がった。

病院の門脇にそびえる楡《にれ》の巨木の枝に妖糸をからめ、一気に頂《いただ》きに近い大枝まで上昇した二人は、そこで発条を効かせて、二羽の魔鳥のごとく、廃墟棟三階のベランダへと飛翔《ひしょう》したのである。他の棟は通常に活動している。

ベランダに着地すると同時に、窓ガラスは丸く切り抜かれた。着地寸前に妖糸が実行したのである。

無人の病室であった。すぐに廊下へ出た。

数メートル先に〈機動警察〉の装甲姿が倒れていた。二つ――腹から上と下だ。

近づこうとする瑠璃をとどめて、せつらは〝探り糸〟を放った。糸が伝えて来たのは、一種の爆発であった。壁や天井や床に、肉片や内臓の一部が貼りついている。ほとんど四方だ。大口径ライフルで一方向へとび散ったものではなかった。

二〇ミリ機関砲で射《う》たれると、人体は爆発するといわれるが、獄也がそんなものを所持しているとは思えなかった。

廊下の端に眼をやった。

コンクリの壁に、拳《こぶし》大の穴が開いている。弾丸も石もない。コンクリ塊が〈機動警官《コマンド・ポリス》〉を二つにし、コンクリ壁をぶち抜いたのだ。


獄也の鬢はせつらの妖糸を断ち切った。

「筋力が増大する力持ちか」

奥で銃声がした。軽快な短機関銃《SMG》と重々しい散弾銃《ショットガン》の轟《とどろ》きが続く。

次々に消えていく鈍《にぶ》い炸裂《さくれつ》音に、ぐえ、げぼという苦鳴が重なった。

「これはこれは」

「どうしたの？」

瑠璃が走り寄って来た。

「警官側は全滅だ」

沈黙した女へ、

「みな石をぶつけられて死んだ。気になる。あのパワーの源《みなもと》は身体だ。誰がこしらえた？」

「それは……言えないわ。約束なのよ」

「ふーん」

不景気に応じて、せつらは顔を上げた。

眼の先に人影が立っている。逆向きの頭部、モケット、ブーツ――獄也に間違いない。背後はガラス窓だ。

「殺さないで」

瑠璃は叫んだ。

「どっちを？」

とせつら。

「弟をよ。決まっているじゃない」

「正直な」

部屋へ入って、と命じて、せつらは逆首《さかくび》の人形と対峙《たいじ》した。

すぐに妖糸は獄也の足下に滑っている。

ふいに獄也が右手をふりかぶった。戦闘はオーバースローのひとふりで開始された。

すでにせつらは獄也の両腕を胸に粘着させていた。

しかし、腕は動いた。

せつらは床に伏した。

獄也の拳が、ふりかぶる寸前、握りしめられるのを見たのである。


数個のつぶてなら、幾《いく》らでも処理し得る。石は弾かれ、両断され——残る数十個がせつらを襲ったのだ。

「わお!?」

間一髪伏せたのは、宙に舞うより第二弾、第三弾を躱《かわ》しやすいと見たからだ。

小石群は、流星のごとくせつらの頭上を越えて、背後のコンクリ壁にぶつかり、砕き砕かれて塵《ちり》と化した。

仰向《あおむ》けのまま、せつらは二投目をふりかぶる獄也を見た。

腕を振り下ろす前に、その身体は凄まじい勢いで上昇し、天井に頭頂を打ちつけた。

すぐに一メートルほど下がって、もう一度——獄也の頭部は粉砕《ふんさい》された。それでも平然と戦いを挑《いど》む本性《ほんしょう》を、せつらは心得ていた。

首なし獄也の右手はふりかぶった姿勢のまま、投擲は行なわれた。

せつらは床にいなかった。獄也の頭頂がつぶれた刹那《せつな》に天井まで上昇し、両脚を上に蝙蝠《こうもり》みたいに張り付いたのである。

小石が通過した時、獄也は吹っとんだ。

彼の左側に階段があった。そこから散弾銃の火線が彼を包んだのだ。

壁に叩きつけられた身体には九発の弾痕が開いていた。モケットは燃えている。

彼は頭からガラス窓へと突っこんだ。せつらの糸はどうしたのか？

おびただしいガラスの破片と破壊音を引きながら、首のない殺人人形は路上に叩きつけられて動かなくなった。

右手と左足がつけ根から逆方向に曲がっている。

せつらが覗きに行く前に、階段からショットガンを構えた〈機動警官〉がとび出して来た。窓から覗いた自分の成果を確かめ、へたり込んでしまう。

「全滅はミス」

せつらは妖糸で隊員の傷を探った。右肺を背中までぶち抜かれている。息はなかった。傷よりも打撃のショックで全身がイカれたところへ自ら発射したショットガンの衝撃がとどめを刺したのだ。

「いま的中」

つぶやいたせつらの背後から、瑠璃がやって来た。

状況から察したか、窓から覗いて窓枠に手をかけ、しゃがみ込んでしまった。

「獄也」

「終わりじゃない」

とせつらが言った。

「人形はバラバラだけど、新作が出来れば同じ穴のムジナ」

彼は瑠璃を見て、

「製作者は誰だ？」

瑠璃はなお答えなかった。

新たな警官が駆けつける前に、二人の姿はなかっ

た。地上で人形の処理に当たっていた警官が、ふと宙を仰いだ時、屋上から彼方《かなた》のビルへと飛翔する二つの影を目撃したものの、たちまち視界から消え去ってしまった。

3

互《たがい》三枝子《みえこ》は、巣鴨《すがも》に住むイラストレーターの卵であった。あまり有名ではない私立大学三年生では、コネでもない限り、良い就職口は望めない。半分自棄《やけ》の気分で、昨日〈新宿〉を訪れた。独《ひと》り旅である。

雲井《くもい》猛《たける》は、三鷹《みたか》在住の美大生であった。小中高を通して画力は校内一だったが、美大にはそういう連中ばかりが集まっている。すぐに絵に見切りをつけて、彫刻をやり始めた。

絵よりも向いていたらしく、学内のコンテストでも毎回入賞——二年生でトップに立った。このままいけば間違いなく日本有数の彫刻家になれると教授からも太鼓判を押されたが、彼には大欠点があった。通常の素材《テーマ》では落ち着かないのである。

二日前、彼の自己抑制——つまり我慢は音をたてて切れた。日本最大のコンテストの締切りを半月後に控えた快挙であった。

「どうする？」

と鏡の中の自分に訊いた。

鏡は、

「〈新宿〉へ行け」

と告げた。

〈西新宿ゲート〉をくぐったのは昨日であった。

「月神《つきがみ》人形市場」は、〈早稲田《わせだ》〉にある人形屋である。世界で〈新宿〉にしかないこの店舗は、〈区内〉からもたらされる人形や面を、展示販売している。ただし、購入者の素姓や購入目的は一切問わない。多くの場合、呪殺の小道具として使用されるからだ。

主人の月神伸作《しんさく》が、首のない人形を手に入れたのは数日前のことである。ひと目でいわく付きとわかったが、そんなものこれまで幾らでも取り引きしている。持ち込んだのは、髭面《ひげづら》の中年男で、しばらく預かってほしい。誰にも売ってくれるなと、大枚《たいまい》の額を置いて去った。

なら、店頭に飾るよりは、と店の倉庫の隅に寝かせておいたら、昨日姿を消した。昼すぎに、奥の座《ざ》布団《ぶとん》に腰を下ろしていた伸作を尻目に、ひとりで出て行ってしまったのだ。こういうとき無理矢理押し止《とど》めたら殺し合いになるのが大半だから、黙って行かせる他はない。

昨日の正午過ぎ、女子大生らしい娘が現われ、

「奥の人形を見せてくれませんか?」

と申し込んできた。

「何だね?」

と訊くと、イラストの勉強をしているのだが、今朝《けさ》、急にこの店に行き、内部に置かれているはずの人形を描きたくなったと言う。

「ずっと捜していたの」

と言うので通した。一分としないうちに戻って来て、何処へ行ったのと、訊いた。凶気じみた表情に怖れをなして、

「さっき出て行ったよ。それきりだ」

娘は肩を落としたが、すぐに両眼を爛々《らんらん》と光らせ、

「大丈夫。必ず戻って来るわ。それまでここに泊めてください。お金は払います」

それから一時間としないうちに、これも大学生と思《おぼ》しい若者がとび込んで来て、

「ここにある人形を見せてください」

と伸作にすがりついて来た。

話をきくと、最前の娘と全く同じ理由であった。挙句《あげく》に、

「必ず戻って来ます。俺もここへ置いてください。お金は払います」


午後遅くせつらは〈上落合〉にある「丹後人形会」を訪れた。丹後善美の店である。〈第二級安全地帯《セカンド・セフティ・ゾーン》〉に並ぶ静かな住宅街の片隅に、ひっそりと佇《たたず》んでいた。

せつらの問いに、善美は、お茶をすすめてから、

「私と久毛を除いたら、ひとりしかいませんね」

「やっぱり」

「はい。内外流二代目、内外暁鬼先生」

せつらの問いは、首なし人形の製作者であった。

「瑠璃さんとどういう関係で？」

「わかりません。その問いには永遠に答えられないわね」

「え」

「暁鬼先生は、二年前に亡くなりました。私も久毛も葬儀に参列しました」


「死んだ」

こんな台詞《せりふ》を口にする時のせつらは、ポカンとした感じになる。

「すると、犯人はあなたか久毛氏ということに」

「よしてよ。私たちに可能なのは、人形を私たちの意思の下に操ることだけ。例えば、人形製造にお金を出してくれそうな方をベッドで籠絡《ろうらく》するくらいのことはさせられるわ。或《あ》いは——殺人も」

「はあ」

「でも、人形の考えでそれを行なう——つまり、意思を持った人形を作ることは、私たちの技術では不可能なの。ものを考えるロボットは、まだどの国も完成していないわ」

「ふうむ」

と応じたものの、深く考えているふうにはとても思えない。

「あなた方以外にあんなことができる人形づくりは？」

「いないわ」

「うむむ」

少しだけ眉を寄せるのも、ポーズにしか見えない。

「失礼しました」

「いえ。これからどこへ？」

「内緒」

「久毛のところですね？」

「むむむ」

「図星だ」

善美は笑い出した。それから、お待ちくださいといい、引戸を開けて隣室へ消えた。すぐに戻って来た手には、高さ一〇センチほどの人形が握られていた。黒いコートを着たハンサム——顔の美しさは信じ難い出来映えを示していた。

「これをお持ちなさい」

「はあ？」

「おわかりでしょうけど、あなたの人形です。顔はこれが限界でした。こんなじゃないとお怒りにならないで」

「いえ、その」

「まだこの件に関わるのなら、お持ちください。きっと役に立ちますわ」

「はあ」

なおも逆立ちさせたり、ひっくり返したりした挙句、コートのポケットに収めた。


〈矢来町〉に着いたのは、夕暮れが広がりはじめた頃であった。用件は申し込んである。「久毛人形世界」という大仰《おおぎょう》な看板をかけた建物は、三〇〇坪もの敷地ぎりぎりの豪邸であった。イスラムみたいなドームまである。集会場だろう。

「人形づくりの宗教団体」

とせつらは少し感心したようにつぶやいた。

〈新宿〉の特徴のひとつに、〈区外〉では好き放題に結成される宗教団体が、異様に少ないことが挙《あ》げられる。それらの団体に必ず付随《ふずい》する超自然的な宣伝材料が、〈新宿〉では道端に転がっているためだ。そんな世界で宗教団体めいた形の集団を作ろうとは、至難《しなん》の業《わざ》であり、よほど超自然的要素の扱いに習熟しているといってよかった。ただし、個人は別で、勝手に立ち上げて教祖も信者もひとりだけというのはある。

鉄門のそばに、ガードマンの服を着た男がひとり立っていた。

せつらが近づくと、

「秋さんですか？」

「はあ」

「ご案内しましょう」

抑揚《よくよう》のない声で言うと、手にしたリモコンで門を開け、母屋《おもや》を左に見て、裏へと続く大理石《だいりせき》の道を先導する。

広い裏庭に出た。三メートルもある塀が囲んでいる。調《ととの》えられた芝生の上に五個のスーツケースが並んでいた。男とせつらが足を止めると、ケースの蓋《ふた》が開いて、ひょいとコート姿の胴体が持ち上がった。首も手もついていない。すぐに二本の腕がコートの内側に忍びこんだ。袖を通すと、胴体がぎくしゃくと立ち上がった。ズボンの下で二本の足が、胴体に装着され、持ち上げたように見えた。最後はケースから出て、首を持ち上げ、胴の上にくっつけた。どう見ても人形の完成だ。

だが、その顔も肌の色も人間そのものではないか。

今、せつらの前には五人の男たちが立った。

いや、そこに案内役を加えれば、六人。

「何か？」

とせつら。

「先生のご指示により、戦闘の相手になっていただく」

「へえ」

せつらの〝探り糸〟は、みな人形と告げている。

男たちがコートの内側から黒光るものを抜いた。全長五〇センチを超す蛮刀《ばんとう》であった。最も素朴《そぼく》で効果的な殺人道具を、スーツケースの中から出て来た男たちは、びゅっとひと振りするや、せつらの方へ向かって来た。

せつらは黙って立っている。夕暮れの光の中に、そこだけかがやいているような美貌に怯《おび》えはない。

一斉に切りかかって来た。

その腕が肩から落ちた。

首がとび、両脚がつけ根から離れた。

せつらと男たちの間を走った妖糸を見た者はいない。せつらにふり下ろされ、或いは投げつけられた蛮刀は、ことごとく見えない壁に撥ね返されたのであった。

「それで?」

と訊くまで、人形たちのアタックから三秒とかからなかった。


「いやあ、お見事」

拍手が起きたのは、建物の裏口からだった。正面玄関と言っても疑う者などなさそうな豪奢《ごうしゃ》な門柱と大扉の前に久毛が立っていた。

突然、彼の身体は硬直した。

その顔にみるみる恐怖と苦痛がふくれ上がる。

「待って……くれ」

喉《のど》もやられているのか、切れ切れな言葉も嗄《かす》れきっている。

「これは……冗談……なんだ……君の技が……噂《うわさ》どおりかどうか……」

「運がよかった」

とせつらは言った。どこか奇妙な——凄絶《せいぜつ》なものを含む口調であった。

「も少しで出るところだった」

その意味が見えない糸に全身を絡《から》めとられた人形づくりにはわからない。

それでもせつらに殺人の意図まではないとわかっ

たか、

「とりあえず……休戦と……いこう。解《ほど》いて……くれ」

「やだ」

せつらは、あっさりと言った。もし、茫洋たる死刑執行人がいるとしたら、この瞬間の彼に違いない。その手はまだボタンから離れていない。

「解けばホラを吹く。真相は苦痛の有無にかかっている」

「そ……それは……そうだが……」

久毛の顔は汗で朧《おぼろ》に見えた。全身がそうだろう。

「居間で外国人が二人、モニターを見ている。政治家でも軍人でもない。アタッシェ・ケースを見る限り、企業のGMだ」

ジェネラル・マネージャー——総支配人の意味だろう。

「バレたか……そのとおりだ……G　M《ゼネラル・モーターズ》の……アンドロイド製作専門の……担当重役……だ」

「手広く商売してる。で？」

「私は……人形を売り込んだ……彼らは……その成果を……確認しに来た……のだ」

「何て売り込んだ？」

退屈しきった声である。

「それは……」

口ごもったのは、次に来る痛みの予想がつかなかったからだ。

久毛は白眼を剝《む》いて全身を弛緩させた。すぐに意識を取り戻す。倍増しの痛みが襲ったのだ。

「言う……兵士として……だ」

「やっぱり」

せつらもわかっていたらしい。

どんな戦闘マシンよりも優れて安上がりなのは人間だ。マシンの製作者はそれにかぎりなく近づくのを目的とする。

ならば、自在に操れる人形こそそれにふさわしいと言えた。

戦闘用ドローンをはじめとして、無人の戦闘を理想とする各国の軍事関係者は、着々とその成果を上げている。

だが、陸上戦においては、なお兵士による敵の掃討と占領を必要とした。これに対して、地上軍から最高責任者に、異議が出されたのである。

空軍は人的被害を出さないのに、陸軍のみが昔ながらの人的被害を被《こうむ》らねばならないのか。

当然の抗議に対して、最高司令部は困惑した。戦いというものが行なわれた最初から、これは最大の課題だったからだ。まず鎧《よろい》と盾が考案され、現代に到《いた》ってロボットが製作されたが、そのコスト・パフォーマンスの悪さによって、鎧の進化形——自動戦闘服《パワード・スーツ》が生まれた。

しかし、一方が新しい戦闘と防禦《ぼうぎょ》方式を開発すれば、瞬時にして敵も採用する。

この戦いの本質をくつがえすべく、あらゆる国の軍事関係者が呻吟《しんぎん》し、なおも未解決にとどまるのが現実だ。

だが、人形ならば。

〈魔界都市〉に生きるひとりの人形づくりが、こう考えた。

製作費の安さはあらゆる科学兵器を凌《しの》ぎ、人的被害は皆無《かいむ》に近い。製作工程をオート化しさえすれば、死者の数を気にする必要もなくなる。戦士の投入数は無制限に近い。加えて——

第四章　企業家

1

せつらの周囲――というか、人形たちの四肢《しし》が散らばったあたりから、かすかな、草を踏むような音が立ち上がった。

せつらが切断したはずの首が手が足が、胴めがけて躙《にじ》り寄り、転がって来るではないか。

せつらの春爛漫《らんまん》たる表情の中を、一陣の冷風が吹き抜けたようであった。かつて彼の妖糸《ようし》を受けて復元した敵はいなかったのである。

「よく……見るが……いい。これが世界の紛争地へ……売り込む武器の……本領だ」

久毛の声には苦悶《くもん》と興奮と自負が渦巻いていた。

胴体に手がつき、足が装着され、立ち上がった身体《からだ》は、手にした首を胴に押しつけた。

「へえ」

せつらは、久毛の方を見もせずに、

「居間の連中も驚いてる」

と言った。

「当然だ……いかに破壊され……ても……その破片の……ひとつひとつが……集合し……もとの身体を……復元する。……正《まさ》しく……不死身の……兵士の……完成……だ」

「そうかな」

せつらは久毛を総毛立たせると、立ち尽くす六人の方へ歩き出した。

全員が蛮刀を構え直す。

せつらは両手を左右に開き、胸前でポンと叩《たた》いた。同時に六人の不死者は、ふたたびばらばらになって芝生《しばふ》に転がったのである。

「世の中、甘くない」

せつらはふり返って久毛に言った。

「まさか……どうして……？」

久毛は痛みも忘れて呻《うめ》いた。

「わたしの人形……は……破壊を……許さな……い

……砲弾で吹きとば……されようが……火で焼かれようが……敵を倒すべく……復活する」

「自信満々――上見て小石に蹴《け》つまずく」

「どうやって？」

怒りのあまり、苦痛さえ忘れてもがいたものか、久毛の喉《のど》と肩と胴と腿《もも》に太い赤いすじが走り、下方に流れはじめていた。

「居間へ」

とせつらは言った。

「そこで解《ほど》く」

裏口の扉を久毛のカードで開けさせ、贅《ぜい》の限りを尽くしたような邸内を居間へと向かう。

五人いた。服装から見て何処《どこ》ぞやのＶＩＰと見えるのが武器商人《バイヤー》、サングラスをかけた二人がボディ・ガードだろう。

ガードたちはせつらにステヤーの短針ＳＭＧ――ＭＰ９０００を向けていた。

引金《トリガー》を引けば、弾倉内の直径一〇〇分の一ミリのタングステンの針九万本が、高圧ガスの後押しで、一瞬で人体に襲いかかる。肉も骨も装甲も金属も、一瞬で砂状になって崩壊する。要塞《トーチカ》が粉砕《ふんさい》され、文字どおり粉と化すドキュメンタリーをせつらは見た記憶があった。無論、引金にかけた指は、とうの昔にぴくりとも動かない。

「交渉を続けて」

せつらが言うなり、久毛はよろめいた。縛《しば》りから解放されたのだ。

「残念ながら今回の話は水に流してもらいたい」

と禿頭《とくとう》にふさわしい貫禄《かんろく》の外国人が英語で言った。

「増産の必要がない兵士という触《ふ》れ込みだったが、やはり眉唾《まゆつば》だったな。誠に残念だ」

最年長と思しい白髪の男が葉巻を揉《も》み消した。せいせいしたというふうだ。最初から疑っていたふうだ。身体つきやラテン系の顔からしてイタリア人らしい。

「それよりも――君」

三人目の痩《や》せた長身の男が、フランス語で話しかけ、せつらがきょとんとしているのを見て、耳孔《じこう》に入れた自動翻訳機のスイッチを入れた。

「私たちのことは久毛氏からお聞き及びのことと思う。君のその不可思議な技を売ってもらえんかな?」

「抜けがけはせんという約束だぞ」

禿男《はげおとこ》が虎のような大声で喚《わめ》いた。

「これは失礼。するとお二人もこの美しい若者にご執心《しゅうしん》と見える。君――」

とせつらを見ないようにして、

「君の技で戦車は破壊できるかね?」

「ウィ」

痩身長軀《そうしんちょうく》の男がにやりと笑って、

「技を使わなくても、その愛くるしい顔を見れば、戦闘ロボットのＡＩだって戦闘を放棄するさ」

「――どころか味方を裏切って彼につくだろう」

とアメリカ人が言って、せつらに、

「どうだね、望みの額を支払おう。君の技と美貌《びぼう》を調査させてもらいたい。勿論《もちろん》、その技倆《ぎりょう》もこみでだが」

「なるほど――美貌か」

と久毛が呻いた。まだ呼吸が整わない。せつらの縛《いまし》めは、それほどの効果があったのだ。

「兵士を骨抜きにする人形をこしらえるなら、是非《ぜひ》ともわが『久毛人形世界』へご用命ください」

彼にはアメリカの商人の狙《ねら》いがわかっていた。

〝人間離れした美貌〟と言っても、あくまでも言葉の綾《あや》である。いかな美貌でも、生物学的な限界は如何《いかん》とも難《がた》い。何かのショックでひとは簡単に恋人の美の罠《わな》から脱出し得る。眼が醒《さ》めるのだ。

だが――いま眼の前に立つ若者ならば、相手を、永劫《えいごう》の美の檻《おり》に封じ込めることができる。

血と硝煙《しょうえん》の臭いに満たされた戦場へ、天使が降臨《こうりん》したら?　それがボッティチェリの描いた代物《しろもの》よりはるかに人間離れした美しさを備えているとしたら？

戦いは即座に熄《や》むに違いない。恍惚《こうこつ》が戦意を奪い、ひとこと命じられれば、即時の武装解除もいといはしまい。

無論、それは理想の美だ。そして、眼前の若者は難なくそうなれるはずであった。

「君がその気になれば、いかなる複雑奇怪な国際会議も、あらゆる我欲《がよく》を失ったイエスマンだらけの衆愚と化すだろう。ああ、私には想像可能だ」

「自分も」

「わしもだ」

後の二人が追従《ついじゅう》した。

「どうだね、われわれの仲間に加わってはくれまいか？　仲間だ。道具ではないよ」

フランス人が申し込んだ。表情にも声にも、とろけかけてはいるが、誠意がこもっていた。

「真っ平《まっぴら》」

とせつらは報《むく》いた。

「ここへ来たのは、彼に訊《き》きたいことがあったから。そういえば、まだ訊いてなかった」

これまでの戦いは余計だったというのか。否《いな》、彼を見ている限り、戦いなどなかったと誰もが思うだろう。

「あのね」

と来た。

「ああ、何でも訊いてくれ」

やけっぱちだというふうに久毛が両手を広げた。

「ものを考えられる人形はつくれるかな？」

「残念ながら、それはいまだ永遠の課題に留《とど》まる。唯《ただ》ひとり可能性があったのは、我が師だが、彼は二年前に亡くなられた」

もう知ってるよ、というせつらの顔である。

「他に心当たりは？」

「ない」

せつらが、うーむと洩《も》らす前に、三人の男たちをただならぬ空気が巡《めぐ》った。

「ものを考える人形？」

「そんなものが可能なのか？」

「だとしたら、火星着陸にも勝る快挙だぞ」

茫然《ぼうぜん》と呻くのへ、

「そしたら戦争なんかごめんだと徴兵を拒否するよ」

　とせつらが言った。三人は沈黙した。兵士は自由意志など持ってはならない。戦場へ向かう兵士には、一種の戦意昂揚麻薬《こうようドラッグ》が与えられるのだ。

　三人の興奮はみるみる冷えていった。現時点での奇蹟《きせき》は、彼らの目的にとって、あってはならぬ邪魔なのだ。

「もうひとつ」

　とせつらは久毛に言った。

「死人も生き返らせるというメイクアップ・アーチストを〈新宿〉へ呼んだのは、おたく？」

「そうだ」

「目的は？」

「彼のメイクである人物を甦《よみがえ》らせるためだ。だが、それは失敗に終わった。役立たずには金を払って、それきりだ。もう〈新宿〉にはおらん」

「なんだ」

　せつらは深呼吸をひとつした。

「じゃね」

　せつらは、あっさりと背を向けた。

　今までの出来事にも、これからの物語にも一切無関係という雰囲気だ。拒絶とはいえない。否定でもない。どこから見ても、荒事《あらごと》や権謀術数《けんぼうじゅっすう》など存在しない世界の存在であった。

　全員声をかけるタイミングを失って立ち尽くすだけの間に、せつらはドアを開けて立ち去った。

〈矢来町〉を〈新潮社《しんちょうしゃ》〉の方へ歩きながら、メールを読んだ。

　人捜《さが》しの依頼の中に、蒼磁瑠璃のものがあった。

「何が起きても、モデルは続けていただきます。明日もよろしく」

「懲《こ》りない」

つぶやいて、せつらは次のメールへ眼を移した。

「おや」

珍しい、というより奇蹟に近い。ドクター・メフィストのサイン入りメールが三通あった。

せつらが久毛を訪れている頃に一通。二通目は、裏庭でおかしな死闘をくり広げている時、三通目は二分ほど前である。

「ゾンビ化撲滅運動のキャンペーン」

つぶやいたところへまたかかって来た。足を止めずに出ると、

「少し、神経症を惹起《じやつき》していないかね？」

自分以外の誰が聞いても、うっとりと喘《あえ》ぐような医師の声に、

「少しじゃないね」

せつらは罰当《ばちあ》たりな返事をした。

「人形の問題かな？」

「よくご存じで」

「病院へ来たまえ」

「手術か？」

「それも考慮している」

「はーい」

奇蹟的に素直に応じて、せつらはタクシーを停《と》めた。

青い光に満ちた院長室で、白い院長は黒づくめの人捜し屋をひっそりと迎えた。

「片づいたかね？」

「そうじゃないと知ってるから、呼んだくせに」

「私の下に、ある若者が来た」

要求どおりメフィストは話しはじめた。

その電話が鳴った時、メフィストは三つの手術を控えていた。

彼はインターフォンのスイッチを入れ、副院長に手術の担当医を替えるよう指示してから、電話機を手に取った。

面会の申し込みである。すぐに、という希望なのですが、予約はありません、と受付の看護師はつけ加えた。

「無名《むみよう》さんですが」

「通したまえ」

診察室を訪れたのは、メフィストに劣《おと》らず長身の若者であった。煉瓦《れんが》色のベストの上に、膝《ひざ》までかかる丈長《たけなが》の上衣《うわぎ》を着けている。青く染めた長髪の端が腰のあたりで揺れている。

「ご用件を伺《うかが》おうか?」

「その前に――私が来るのがわかっていましたか?」

「どうしてそう思う?」

「予約なしで会えるのは、〈西新宿〉のせんべい屋ひとりと聞いています」

「用件は君の顔に書いてある?」

静かな声が、快活な若者を石に変えた。

それも一瞬のことで、

「仰《おつしや》るとおりです」

と応じた笑顔は、いま院内の女性たち全員を虜《とりこ》にし得るほどのかがやきを放っていた。

「しかし、驚きました。よくおわかりで」

若者――無名は汗でも拭《ぬぐ》うように頰《ほお》に指を這《は》わせた。指が止まった。

指先にメフィストの繊指《せんし》が触れていた。それが頰を滑り下りるにつれて、無名の頰に赤みが増していった。

「なるほど――人間そのものだ」

「残念です。僕らは人形です」

「で――何を求めて来たのかね?」

メフィストの指は反対側の頰に触れていた。

その手首に無名の指が絡《から》んだ。

「あなたの顔が欲《ほ》しいのです」

声は明るく、笑顔は天使のようだ。

ドクター・メフィストでさえ、笑み返したくなるような。

だが、

「眼が気に入らんな」

と白い医師は言った。若者よりもはるかに冷たい眼差《まなざ》しで。

「ふむ――触れて精気を奪い取るか」

とメフィストは言った。

「だが――効かんよ」

彼は摑《つか》まれた手を動かした。優雅としか言えない動作であった。

硬い音をたてて、無名の右手首が折れた。

彼は席を離れた。

折れた部分に見える腕の内側が空洞なのを見て、

「この顔はまだ渡せん。また来るがいい」

「失礼いたしました」

軽く頭を下げて、無名はドアへと向かった。

ドアが閉じてから、

「また厄介《やっかい》なものが生まれたか」

こう言って、メフィストはせつらに一本目のメールを送ったのであった。

2

〈メフィスト病院〉を出て、せつらは〈歌舞伎町二丁目〉の小さなイタリアン・レストランへ入った。帰宅前の腹ごしらえである。派手なネオンの中に、目立たぬ木のドアと螺旋《らせん》階段の地下に潜《ひそ》む店内は、穏やかな照明に似合わぬ賑《にぎ》やかさで、せつらを迎えた。

カウンターの向こうで、髭《ひげ》の似合う若いマスターが、いらっしゃいと声をかけてから、

「みなさん、眼を閉じてください。恋人同士の方は殊《こと》に」

と言った。無論、冗談だ。せつらの美貌は、恋す

るだの、恋仲が壊れるなどというレベルではない。数日、何もかも手につかなくなってしまう。正気に戻ってもひと月単位で、陶然呆然《とうぜんぼうぜん》の日々が続き、それが過ぎると、せつらのことは一切忘れている。

普通なら、注意を無視して覗《のぞ》き見る連中がいる。せつらに関してそれがないのは、何となくわかるのだ。向いた先にいるのが、自分たちとは別の何かだと。

「ご案内して」

マスターの指示に、あわててサングラスをかけたウエイトレスがうなずき、カーテンで仕切られた奥の席へとせつらを導《みちび》いた。

「ビーフの串焼きと海老《えび》ドリアとソーダ水」

頼んでから、無名と名乗る若者のことを考えた。

メフィストの美貌をよこせと実力行使に出た——これはある決定的な事実を意味する。〈区民〉ではないのだ。〈新宿〉の住人が、ドクター・メフィストに挑《いど》む——どころか、治療以外では近づくこともできない。

それをやらかした以上、彼は〈区外〉の人間か——〈魔界医師〉のことを知らぬ者だ。〈区外〉の人間にしても、正直、メフィストの恐怖に無知のまま訪れたとは考えられない。それを来た。無知のまま——生まれたての赤子《あかご》のように。

「そうだ」

せつらは、ぽつりとつぶやいた。

ウエイトレスが、せつらを見ないようにしながら、料理を運んで来た。

「ありがとー」

およそ心のこもらない挨拶《あいさつ》をすると、ウエイトレスは、

「あたし——秋さんの顔見てサーブしたいです」

と言って去った。

隣のテーブルで、タンドリーチキンを相手にしていた学生らしい男が、

「モテますねえ。僕もそうなりたいですよ」

せつらを見かけたことがあるらしい。

「おれもだよ」

「私も――」

店内から、幾《いく》つも声が上がった。せつらと初対面の客は、料理に手もつかず、恍惚と席についているから、学生と同じ過去をもつ常連らしい。

げっぷをこらえながら、料金を支払い、せつらが店を出ると、ドアを閉じる前に、厨房《ちゅうぼう》からマスターの声が、

「おれもだよ」

と追いかけて来た。


「ん?」

と足を止めたのは、〈秋せんべい店〉が見えてきた歩道の上である。

近くの街灯は破壊され、最近電球を入れ直したばかり――その下で、どう見ても似顔絵描きふうのモケットとマフラー姿が画板を広げている。顔はわからないが、髪は長い。女だ。

せつらが前を通りかかると、

「一枚いかがです?」

と訊いた。

「は?」

「凄《すご》い、いい男。ね、一枚描かせて。お金はいりません」

「お断わり」

「そう仰らず」

と言いながら、女はすでに筆を動かしている。

せつらが足を止めたのは、女に巻きつけた妖糸が、特異な反応を伝えて来たからだ。

おぼろな街灯の下で、画家とモデルの関係が成立した。

数分後――

「出来ました」

女は興奮したように眼をかがやかせて、せつらの方へ画板を向けた。

一枚の画用紙は、せつらの美貌を見事に映していた。

見事に？　いや、それはせつらの眼から見ても非の打ちどころのない完璧《かんぺき》なものであった。コンピュータも瑠璃も叶《かな》わなかったことを、この路傍《ろぼう》の画家は成し遂《と》げてしまったのだ。

「やるなあ」

とせつらは正直に言った。

「――人形のくせに」

と女は小さく首をふった。二十歳過《はたち》ぎ。顔はわからない。マフラーのせいだ。

「欲しいものがあって参上いたしました」

「顔ですか？」

「はい」

「お断わり」

せつらはすでに〝探り糸〟から女の身体的状況は入手している。人間だ。ただし、マフラーの下はプラスチックだ。ガラス玉を嵌《は》め込んだ眼しかない。

「あなたの顔があれば、私は完璧な人間になれます」

「人間ねえ」

せつらは、ぼんやりと言った。

「――で？」

「一緒に来てください」

「べえ」

女はとまどったふうである。今までにない相手なのだ。

マフラーの上で、女の眼が妖《あや》しく光った。

「普通なら、絶対に無理です。でも、この街ならば」

「どうやったの？」

「インクは、〈新宿中央公園〉一の〈妖木《ようぼく》〉の樹液を使っています。ペンは――〈亀裂〉の底にある遺跡から発見された、時代もわからぬ超太古の石ペンを使いました」

どちらも記憶にあるが、組み合わせて似顔絵に使

うなど考えたこともない。せつらは、

「へえ」

と言った。感心したのである。

「何処へ持って行く？」

「私のご主人の下へ」

「それは誰？」

「内緒です」

女はスケッチを丸めて、画板に触れた。それは畳まれ、小さな手提《てさ》げ程度に変身した。

「ありがとうございました」

女は微笑した。

「いい夜になりました」

せつらは返事をしなかった。女の身体には妖糸が巻いてある。逃亡は不可能だ。

「失礼します」

そう告げた身体は次の瞬間、金縛《かなしば》りになるはずであった。

糸は空気を縛り、女の身体は垂直に宙へ上昇した。

新たな糸をせつらは送らなかった。

女が夜空に吸い込まれるのは、〈新宿〉でもそうはない現象と眺めであった。

「やれやれ――〈中央公園〉め」

とつぶやいた。女の衣裳《いしょう》と全身には、〈妖木〉の汁が塗られていたのである。

「喧嘩《けんか》を売りに来たのかな」

ある意味、ぞっとするような言葉を残して歩き出そうとして、せつらは爪先から伝わる硬物の感触に気づいた。

銀製らしい指輪が落ちている。

拾い上げて眺めた。細い表面にびっしりと文字らしいものが刻み込まれている。

「これは――」

一秒とかけずにうなずいた。

三〇分後、せつらはその足で〈歌舞伎町〉にある

ある。

「骨董店《こっとう》：柚月《ゆづき》」を訪れた。

一度動き出すと、明日という選択肢《せんたくし》はない若者である。

〈新宿〉では〈区外〉では想像もつかないような様々な品物が恒常的《こうじょう》に表へ流出する。

妖虫《ようちゅう》の皮でつくった財布とかサンダルのように他愛《たわい》ないものから、〈区〉指定の専売品、さらに存在すら知られてはならない禁制品までが市場へ流れ、店や縁日の露店を飾るのだ。厳重な加工が施《ほどこ》された品ならば問題はないが、半分以上は無許可な故買商《こばい》が売りつけた品だから、いきなり牙を剝《む》く妖《よう》物《ぶつ》や、手にした客がその場で昏倒《こんとう》、即死する壺《つぼ》やら人形やらの〝憑依品《ひょうい》〟も少なくない。昼夜を問わず開かれる市場で、銃声や悲鳴が絶えないのはそのためである。

とりわけ日常品は、その性質から厄介な品が多い。〈新宿〉には、厳選品のみと銘打《めいう》った骨董品店や質屋も多いが、「柚月」は、比較的トラブルの少ない優良店として知られていた。

せつらが持ち込んだ品を見るや、奥に坐《すわ》っていた八〇代の店員は、

「こりゃ、うちで売った品だな」

とかたわらのキイボードを叩き、

「二年前に〈亀裂〉の第三層遺跡で掘り出された魔《ま》除《よ》けだ」

「誰が買った？」

「守秘義務があるでなあ」

せつらは、そっぽを向く老人の頰に手を当て、難なく自分の方に向けてから、

「教えて」

と言った。

全身を弛緩《しかん》させた老人は、PC《パソコン》の画面に眼をやって、

「――久毛……雅木だ。〈矢来町〉の……人形づくりだの」

「どうも」

せつらは片手で老人斑《ろうじんはん》だらけの頬を撫《な》でた。老人は、世にも幸せな顔で失神した。

翌日、〈左門町〉のアトリエを訪れると、憔悴《しょうすい》しきった瑠璃が待っていた。

「弟さん——もう戻って来ない」

せつらの言葉にうなずいた。

「もうひと息で、人間にしてやれたのに」

と蚊《か》の鳴くような声で言ってから、はっ《いっ》とせつらを見つめて、紅《あか》くなりながら、

「あなた——どうかして？」

「別に」

貫《つらぬ》くような眼差しが、激しく横にふられた。

「完璧なものが崩れると、誰にでもひと目でわかる。何があったの、せつらさん？」

せつらは両手を頬に当て、かなり力を入れ、揉んだ。

手を離して、

「これでどう？」

と訊いた。

「同じよ」

「ふうむ。では、モデルは——」

「悪いけど、ここまでね」

「うーん、それじゃあ」

あっさりと告げると、右手を瑠璃の前に、差し出した。

「何よ？」

「今日の交通費」

「明日、まとめて振り込みます」

「どーも」

もう一遍《いっぺん》、どーもと告げて、せつらは軽《かろ》やかに背を向けた。それからふり向いて、

「弟さんの人形をこさえたのは、誰？」

「久毛雅木という人形師よ。私のほうから依頼したの」

頬をペチペチと平手打ちして、

「うーむ」

と唸《うな》る。無念そうに、

「いいバイトだったのにな」

とつぶやいた。


外国の商売相手が去ってからすぐ、久毛はアトリエの品をことごとく破壊して廻《まわ》った。古い品もあり、近作もあった。完成寸前の自信作もあった。その全てに、彼は拳銃弾を射《う》ち込み、バットで砕いて廻った。

「秋せつらめ、秋せつらめ」

だが、その言葉が脳内に当人の像を結ぶや、力は霧消《むしょう》し、やるせないものが脳中を占《し》めてしまう。

後は、

「あの人を再現したら、また話し合いましょう」

「それまで、さようなら」

「また良いお仕事しましょう」

「おのれおのれおのれおのれ」

怨嗟《えんさ》の呻きを嚙《か》み殺そうとした歯が震え、ついに歯茎《はぐき》から血が流れはじめた。

ようやく憎悪が和《やわ》らぐと、彼はソファにひっくり返って、精神の均衡《きんこう》が戻るのを待った。

一時間ほどして、室内電話が鳴った。ロココ調の象牙《ぞうげ》と黄金の受話器を耳に当てた。

「なんだ――おまえか」

と言った。眉間《みけん》に露骨《ろこつ》に皺《しわ》が寄る。いきなり、深くなった。

「なにィ?」

と喚いた。近くに誰かいたら跳び上がりかねない蛮声《ばんせい》であった。

「何を考えてらっしゃるんだ? そこにおられるのか?」

それでも切ろうとしない。表情が怒りから別のものに変わっていった。

何度か、声に出さずうなずき、

「――それで……何処へ行かれた?」

と訊いた。

翌日、せつらの下へ電話が入った。

一週間ばかり前に辞めたバイトの娘だった。

「あの――〈新・伊勢丹〉の対面に博物館が出来たのをご存じですよね? 確か――〈機械人形《オートマタ》博物館〉。あそこにドクター・メフィストの人形が飾ってありましたよ。特別展示だって。昨日、行ってみたんです」

「へえ」

とせつらは応じたきりである。どうせ、よく似た顔程度の代物《しろもの》だろう。

「一度行ってみてください。きっと驚きます。正《しょう》真正銘《しんしょうめい》のドクターです。まさか人形に出来るなんて――いえ、ひょっとしたら、次は店長の――ああ、凄いわ!」

電話は一方的に切られた。

受話器を置くと、もう一本入った。ディスプレイに顔を出したのは、二〇代半ばの女性であった。

「加奈さん」

眼帯探偵・海馬の恋人である。

「何かやらかしましたか?」

と訊いた。海馬がだ。

「昨日、夕食の約束をしていたんですけど――戻って来なかったんです。こんなこと初めて――それで気になって。自分に何かあったら、秋さんのところへかけろといわれておりました」

あのヤローと頭の中で罵《ののし》りながら、

「何か急な用事が……」

と応じた。正直、面倒くさい。

「お昼に連絡があって、〈新・伊勢丹〉近くの〈機械人形博物館〉へ行ってくるからって」

「へえ」

「どえらい見せ物が出てると言ってました」

「見せ物」

メフィストの人形だろうと察しがついた。

「わかりました」

とせつらは言った。

「これから顔を出して来ます」

「え？　でも」

「ちくばの友ですから」

「ちくばの——友」

せつらの皮肉が加奈にはわからない。

冷静でいられる精神状態ではないのだ。せつらも普通なら相手にしない。メフィストの人形というのが気になるのだ。

また連絡しますと告げて電話を切り、せつらは立ち上がった。

3

昼前の博物館は、意外なほど客が多かった。チケット売り場には、二十人以上が列を作り、好奇の光を眼に宿らせていた。

最後尾に並んだ時、前方でどよめきが上がった。入口の奥から、見覚えのあるスーツ姿の女が、急ぎ足で歩み寄って来る。工事中だった博物館の前で、せつらにビラを渡した美女だ。並んだ連中が、女の見ているものの方をふり返り、たちまち夢うつつに変わる。

「ようこそ」

と女が微笑した。

「来てくれると思っていたわ。秋せつらさん」

「はあ」

「あのときは名乗りませんでしたけれど、私は傀儡カオル——館長ですわ」

「どーも」

驚いたふうもないせつらの挨拶を、しかし、美女は笑顔で迎えた。

「今回の特別展示は、あなたのお友だち——〈魔界都市〉の名を世界に知らしめる二人の美の絶品のおひとり、ドクター・メフィスト」

ここで声をひそめ、

「あなた用に特別の展示時間を取ります。一緒にいらして」

せつらの返事は、こういう場合、世界が崩壊しても、

「はあ」

だ。

列を抜け、美女――傀儡カオルの後をついて行く彼に、ズルすんなのひと声もなかった。みな、その顔を見てしまったのである。

正面玄関をくぐり、売店の横を抜けて、ひと気のない廊下に出た。

人っ子ひとりいない。何世紀分もの静謐《せいひつ》が漂《ただよ》っているような柱と床と壁の通路であった。

突き当たりの黒い扉を、カオルは軽く押した。

音もなく開いた空間の彼方《かなた》に、白い医師が立っていた。

他に人はいない。空気はほどよい冷たさを保持していた。孤独な部屋であった。

せつらは真っすぐ白い医師に近づき、

「へえ」

と眼をかがやかせた。本物と寸分の違いもないドクター・メフィストの人形だと認めたのである。

「いかが？」

と背後からカオルが声をかけて来た。自負で裂けそうな響きであった。

「こんな顔をしてたんだ」

この感想に、カオルは噴《ふ》き出した。

「まるで、初めてご覧になったような」

「そ」

とせつら。

「あんな藪《やぶ》医者の顔なんか、まともに見ていられない」

「世界であなたしか言えない台詞《せりふ》ね」

カオルの声に、奇怪な感情が加わった――怯《おび》えが。

せつらの悪態は、聞く者の胸中に恐怖を寄生させるのだ。

「どうやって、この顔を？」

　せつらは、たちまち本題へ入った。今までに何万人の画家が彫刻家が人形師が、ドクター・メフィストの美貌の再現に挑み、ことごとく敗北した事実が、余計な問いを許さなかったのである。

　そのうち何千人が、絶望の果てに自殺したかも彼は知り尽くしていた。

　今、観客の入場を許したら、大多数は失神するだろう。

「これは――うちが製作したものではありません。ある人物が売り込みに来た品です」

「誰が？」

「それは申し上げられません」

「ならこれだけ――売りに来たのは人間？」

「いいえ」

　あっさりとカオルは答えた。


「どーも」

　せつらは礼らしいつぶやきを洩《も》らして、やって来た扉の方へ向かった。

　その姿の背後で扉が閉まると、カオルは近くの椅《い》子《す》にゆっくりと近づき、腰を下ろした。心臓は高鳴ってなどいない。止まりかけていた。全身が空気を求めて石と化している。

　数秒かけて、ようやく息を吸い、さらに数秒で呼吸を整えた。身体が弛緩するには、もう数秒を要した。

「なんて……美しい。それが二人も……私も長くなさそうね。〈新宿〉そのものを目撃してしまったもの。でも……」

　霞《かすみ》に煙《けぶ》ったような両眼が、その奥からかすかな、しかし、凄《すさ》まじいかがやきをせり出した。

「ドクター・メフィストは手に入れた。あともうひとり――彼も必ずこの特別展示室に入室させてみせる。秋せつらも」

外へ出たせつらを、眼帯の男が待っていた。さっさと行こうとするのに追いすがり、

「な、メフィストそっくりの人形が飾ってあるんだってな」

興奮に顔は赤く濡《ぬ》れ、声は切れ切れだ。

ドクター・メフィストと同じものがいる。

それは全〈区民〉を恐慌《きょうこう》状態に陥《おとしい》れてもおかしくない事態だった。

「そ」

せつらはちょうど、ある考えに辿《たど》り着いていた。

ドクター・メフィストの人形——特にあの美貌を再現した人物についてである。メフィストの顔をくれと言いつのった人形は、ダミーに違いない。彼の眼を通して、真の造型師がメフィストの顔を観察し抜いたのだ。それは誰か？

「じゃ——じゃあ、次はおまえじゃねえか。だろ？」

「ふふふ」

「なあ、おい、あそこへ陳列されたいのかよ？」

と博物館の方を見る。

「いいや」

珍しく、せつらははっきりと意思表示を行なった。やはり眠そうだが。

「なら、あんたを守ってくれるいい男を知ってるんだ。これから紹介するよ」

「面倒」

「そう言うな。頼りになるぜ。なあ、おれは、その男んところで、あんたの人形を見てしまったんだ。それはそっくり——瓜《うり》ふたつ。いいや、あんたそのもんだ」

「いいとも」

せつらはうなずいた。

「やったぜ！」

海馬は片手を高く突き上げた。いつもの彼であった。

タクシーを停めて、さらにもう一度停めたのは、〈曙橋《あけぼのばし》〉にある〈地下墓場《カタコンベ》〉の管理所であった。

二名の管理人と海馬は馴染《なじ》みらしく、普段は立ち入り禁止の高圧電流を切って、鉄扉《てっぴ》を開けてくれた。一〇トンもある扉はモーターで開く。

鉄扉の向こうは清掃された一〇〇坪くらいのアスファルトの地面に、一〇基のエレベーター乗降施設がある。一〇基といっても、一〇〇人乗りの超大型を、まとめてひとつの建物に格納してあるのだから、ゴルフの練習場くらいのスケールだ。

行く先は、地下五〇メートルに広がる広大な地下墓地だが、墓参は一切許されていない。エレベーターが動くのは、死者を埋葬するときのみである。

二人が近づいて行くと、右から三台目のエレベーターのドアが開き、喪服姿の人々がこぼれ出た。埋葬を済ませて来たらしい。

うつ向いているばかりなのが、ちら、とせつらを見た途端、頬を染めて次々によろめきはじめる。それを支えようとした連中も、ばたばたと倒れていくのは、支えた相手と同じ理由だ。

だだっ広いエレベーターに乗ってドアを閉めると、下降がはじまった。海馬が首をふりふり、

「しかし、広いなあ。アパートを借りる余裕もねえ遺族のための住宅にしたらどうだ」

とクレームをつけはじめた。せつらは、ぼんやりと空中の一点を見つめているだけで、呆《ほう》けている、としか思えない。これから何が待っていようとも、この風貌《ふうぼう》は変わるまいと思われた。

エレベーターは止まった。

ドアが開くと、さっきの一団のものらしい線香の匂いが漂って来た。遠くで巨大エアコンが鳴っているが、生々しい土の香《か》と死者の臭いは抑《おさ》えようがない。

一〇万坪に亘《わた》って広がる地下墓地は、〈魔震《デビル・クエイク》〉やそれに伴って生まれた妖霊妖物に殺害された死者のための埋葬地だが、近年、集合墓地に入る費用を惜

しむ連中が、勝手に死者を埋めるようになり、〈区〉はドローンや監視アンドロイドを多数配備して、不埒者《ふらちもの》の一掃に乗り出した。そのため、不心得者《ふこころえもの》は減少したものの、怨霊《おんりよう》怨念の渦巻く地下世界は、今も危険この上ない。

　ここの何処に、せつらを救えるという人物がいるものか。

「こっちだ、こっち」

　海馬が左斜め前方の通路を歩きながら、手招きした。通路は〈区〉の用意した設計時のものと、正体不明の何者かがこしらえたものとがある。海馬が足を運んでいるのは、正体不明のほうの一本であった。

　おびただしい墓石の間から、赤や緑色の光点が幾つも見えた。墓地に巣食う妖物たちであった。〈区〉の調査課の調べによると、最初は埋葬された死体の肉だけを狙って、棺《ひつぎ》を掘り出していたものが、やがて怨霊、怨念の虜になって、その死者の怨む人間たちを襲うようになったという。これに副葬品目当ての盗掘犯が加わった。ほとんどが行き倒れや身元不明とはいえ、〈区〉の規則によって、所持品もそのまま埋められたため、一攫千金《いっかくせんきん》を夢見る墓泥棒が続出したのである。現に、死体の中には、一千万単位の金品を所持している場合もあった。

　前方二〇メートルほどの墓石の間から、すうと立ち上がった影がある。

「おやおや」

　とせつらがつぶやいた。

　久毛の家で会った三人のひとり——フランスの武器商人だ。

「おかしなところでお待ちしておりました」

　端整な顔を苦笑に染めて、

「どうしても個人的にお話をしたく思いまして」

　せつらは、右横の海馬へ眼をやった。

「スポークスマン？」

と訊いたのは、一応の知り合いなのと、恋人——

加奈からの電話のせいだろう。でなければ気にもしていまい。

「ドクター・メフィストと瓜ふたつの人形が展示されていると聞いて、博物館を訪れてみたら、向こうから声をかけて来たのです。おれはもうひとりのハンサムを知っている、と。ただの自慢だったのでしょうが、私はそれでお仕舞《しま》いにする気にはなれませんでした。そこで服の上から誘導体を射ち込ませてもらいました」

「操り人形」

せつらの視線の先で、海馬は曖昧《あいまい》な笑いを浮かべた。

「どいつもこいつも——で？」

「はい。あなたという人物を、どうしても我が国にお招きし、その美貌を兵器として使用したいのです。報酬は国の軍事予算と同額でいかがですか？」

あまりにもストレートな直球交渉ぶりであった。

「やだ」

とせつら。

「そう仰るだろうと思っておりました。あなたはご自分の価値に少しも気づいていらっしゃらない。或《ある》いは気づいてはいても、少しも利用する気がない。けだし人外のものと称する他はありません」

「なら、バイ」

せつらは右手を上げて踵《きびす》を返した。

その前方に、数十体の男女が立ちはだかった。人間ではない。半ば腐り果てた顔には蛆虫《うじむし》が蠢《うごめ》き、黒い洞窟みたいな眼窩《がんか》から、白い視神経がぶら下がっている。その先にあるのは眼球だ。

「これも兵器——」

「ウィ。我が軍の開発した死者の復活剤を散布しておきました。ここを交渉の地に選んだのは、そのためです。あなたを帰しては、他国の連中が交渉しに現れるのは間違いない。万が一、それを呑《の》まれた場合、我が国は致命的な被害を蒙《こうむ》ることになる。AIすら恍惚とさせかねない美しい男が、三人、いやひとりでも、軍事決定機関に潜入したら、いかなる決定もたやすく覆《くつがえ》されることになります。軍事の壊滅は、その国の壊滅に等しいのです」

「考えすぎ」

とせつら。呆《あき》れているとも、どうでもいいとも取れる口調であった。

世界がどのような状況を迎えようと、この若者の美貌には翳《かげ》ひとつ差しはしない。

足を止めず、せつらは海馬について来いとでもいうふうに、顎《あご》をしゃくった。片目の男は滑らかに歩き出した。勿論、巻きついた妖糸の誘導である。いま彼の全身は骨まで食い込む激痛に逆らう術《すべ》のない操り人形と化しているのであった。

「殺せ」

と背後でフランス人の声がした。

声の余韻《よいん》は断ち切られた。先に断ち切られた首が空中に舞い上がったのである。

残る身体は、なおしばらく立ち尽くしていたが、切り口から噴出する鮮血が途切れると同時に、ぐずぐずと崩れ落ちた。

せつらは生ける死者たちの中に入る前に、妖糸をふるった。

腐りかけた首が飛び、胴は二つになった。それでも両手を突き出して、襲いかかって来る。操縦者が斃《たお》れても、この有機ロボットは、任務を果たすのであった。

どうやら、現在の国家軍事組織では、殺しても死なない兵士たちの製造が焦眉《しょうび》の急になっているらしい。今回の戦いは、一種の実験なのかもしれなかった。

銃声が轟《とどろ》いた。明らかに連射なのに、あまりに早すぎるため、一発の銃声のように聞こえた。

死者たちの頭部が、同時に吹っとび、五体を数えた後で、

「離れろ」

という叫びが流れた。

第五章　国際的人形争奪戦

1

　せつらが地を蹴《け》って一〇メートルも背後の墓石の陰にとんだ刹那《せつな》、死者たちの中心で、巨大な火球がふくれ上がった。毒々しい血の色に見えるそれは、次々に死者たちを呑《の》み込み、再び死の世界へと送り届けていった。

　炎が消えてから、

「無事か?」

　と声がした。

　海馬であった。

「何とか」

　と応じて、せつらは、

「解けた?」

　と訊《き》いた。武器商人の麻薬のことだ。当人が死んだからといって、こっちが解けるとは限らない。

「大丈夫だ。任《まか》せろ」

　胸を叩《たた》く海馬の左耳がいきなり切断された。せつらの伸ばした手の中へ落ちた。どんな技の成果か、血は一滴も出ない。

「なな何しやがる!?」

　痛みをこらえて喚《わめ》く海馬を、じっと見つめて、

「本当に解けたようだ」

　と片耳を放って、

「んじゃこれで」

　とエレベーターの方へ歩き出す。

「こら待て」

　と海馬が追いかけながら、

「こんな耳たぶはどうでもいい。その辺の人体部品屋へ行けば、幾《いく》らでも手に入る。おまえ、メフィストはどうするつもりだ?　次はおまえだぞ」

　と唾《つば》をとばしてから、

「待てよ。その顔――おかしいぞ。おまえも盗《と》られたのか?」

「冗談」

「――じゃねえ。本気だ。おい、顔を盗まれるだけならいい。それで人形を作られたらどうなるか知ってるか?」

「いや」

「最も古い歴史を持つヨーロッパ北部じゃ、顔盗りは魂《たま》盗りって言ってな。数日で魂を抜かれたデク人形になってしまうんだ。人形のほうは――」

後の言葉のおぞましさに、海馬が口ごもったとき、

「――人間になる」

「そうとも。いくらドクター・メフィストだって、この神秘からは逃げられねえ。おい、そうなったら、病院はどうなると思う?」

「人形を院長に」

海馬は呆然《ぼうぜん》とせつらを凝視《ぎようし》した。今の台詞《せりふ》は彼も考えていたものだ。だが、そんなことになったら――。そんな考えに呼応するように、

「誰にもわからないよ」

せつらは平凡な感想でも洩《も》らすように言い放《はな》ち、海馬は戦慄《せんりつ》のあまり、落とされた耳の痛みさえ忘れた。

地上へ出ると、管理人が駆けつけて来た。地下の爆発を検知したらしい。

「何事で?」

「埋められてた連中が、火葬のほうがいいと言い出してな」

海馬が答えると、みな、まさかという表情になったが、

「わかりました。そこは〈魔界都市〉の住人である。

「よっしゃ」

「一応調書を」

管理事務所の前まで来て、

「じゃ」

せつらは飄然《ひようぜん》と出口の方へと向かった。

「おい、ちょっと待て」

海馬が痛みをこらえて喚《わめ》いた。

「何処《どこ》へ行く⁉」

「久毛のところ」

「おお、案内してやるぜ」

「書類作成をよろしく」

この言葉を置き土産《みやげ》に、せつらが〈矢来町〉の久毛の下を訪れたのは、二十数分後のことであった。

薄曇りの空の下に、豪邸は変わらぬ姿を見せていたが、

「無人か」

とせつらは洩らした。

人の気配はない。だが、ただ無人というわけでもない。〈新宿〉で最も頻繁《ひんぱん》に感じられる雰囲気が、そこに漂っていた。

門の前でせつらは〝探《さぐ》り糸〟をとばした。一本ではない。一〇本を超す一〇〇〇分の一ミクロンの糸は、せつらの目と耳となって、暗澹《あんたん》とそびえる豪邸に吸い込まれた。

一分ほど過ぎて、

「あらら」

低く口を衝《つ》いた。

地下一階の工房――人形製作所らしい場所に、久毛は突っ伏《ぷ》していた。誰もいない。ひとりきりの死だ。

広い作業テーブルの上から、作りかけの人形たちが見下ろしている。

久毛の身体《からだ》の下には血溜《ちだ》まりが出来ていた。せつらの妖糸《ようし》は、背中から心臓へ抜ける傷の存在を伝えて来た。

すぐに、

「これか」

とつぶやいて、せつらは邸内へ入った。門も玄関もあらゆるドアの施錠《せじょう》は妖糸が切断した。邸内の監視カメラも、大元のコンピュータを黙らせれば眼が見えないのと等しかった。

地下の死体を前にして、せつらはその近くにある椅子《いす》と丸テーブルに眼をやった。

ブランデー・グラスが二つ置いてある。来客があ

ったのだ。

そして、席を立ち、作業台の方へ移動中に久毛は襲われた。犯人は来客ではあるまいとせつらは踏んでいた。

かたわらの戸棚を見ると、酒瓶《さかびん》とグラスが並んでいる。丸テーブルに載ったブランデーは最高級のナポレオンであった。棚には、スリー・スターもある。来客は久毛にとって、最高の品でもてなさなければならない相手だったのだ。

そいつが久毛を殺した？

いや。

せつらは作業台に寄った。二体の作りかけが両足を投げ出している。素手だ。

せつらは妖糸で部屋中を探《さぐ》った。凶器は見つからない。刃《やいば》だと見当はついた。客が持ち帰ったのだろう。調べれば持ち主がわかってしまう品なのだ。

せつらの指は、ある情報を伝えて来た。

すっと身を沈めた上を、何かが通り抜けた。

立ち上がった彼が見たのは、作業台の上で上体をひねった人形であった。剣道の小手に似た手が三〇センチほどの剣を握っている。

「胴の中に隠していたな」

せつらにはお見通しであった。

久毛も作りかけの作品が敵に廻《まわ》るとは思わなかったのであろう。

「けど、動ける？」

小さなかがやきが、人形の表面を取り囲んでいた。チタン合金のものだ。

封じられているはずの右手が、高く持ち上がった。柄《つか》を逆手《さかて》に持ち変える。

「へえ」

言い終わる前に、垂直に落とされた刃が切断したと、妖糸が伝えて来た。

頭も胴もスチロール製だ。それがせつらの妖糸を撥《は》ね返し、切断してのけた。

「やばい」

台から跳躍した人形の二撃目を躱《かわ》して、せつらは宙に舞い——停止した。

人形の膝《ひざ》がたわんだ。

せつらの眼の前に来た。

ふり下ろされる刃を右へよけ、せつらは右手をのばした。

棚の戸を突き破って、酒瓶がせつらの右手にとんで来た。途中で半分に切れる。握りしめた瓶の中身を、せつらは人形にぶちまけた。

左手は一〇〇円ライターを握っていた。点火と同時に放った。

人形は炎に包まれた。せつらがかけた酒は「スピリタス」——アルコール度数九五度以上のウオッカだったのだ。

「刃には強いけど、火にはどうだ、人形さん?」

返事をする代わりに、人形は倒れた。炎の手から刃物がせつらへとび——

鼻先五センチのところで停止した。


久毛邸を出た足で、せつらは〈上落合〉へタクシーをとばした。

看板を出していない店は、シャッターを下ろし、貼り紙がついている。

お急ぎの方は、こちらへ

携帯の番号がついている。

すぐに出た。

「こんちわ」

挨拶《あいさつ》すると、

「秋さんね」

「はあ」

「なぜすぐわかったか不思議?」

「はあ」

「それだけぼんやりしてて、世界一美しい声はないからよ。何か御用?」

せつらは事情を話した。

「久毛も死んだか」

わずかに重い声を出して、丹後善美はいま〈上落合〉にいないが、一時に〈歌舞伎町〉のそば屋「北《きた》の海《うみ》」で会おうと告げた。

「ご馳走《ちそう》してね」

「えー？」

「ご馳走して！　ご馳走して！　ご馳走して！」

三連打であった。

「あ、はい」

とせつらはＯＫした。


せつらが先に入っていると、きっかりに善美も現われ、

「いつ来たの？」

「五分前」

「紳士ねえ」

「そーかな」

善美は店内をひとあたり眺めて、

「あーあ、客も店員も催眠状態よ。聞きしに勝るわね。ね、注文したの？」

「はあ」

「何を？」

「天ぷらうどん」

「可愛《かわい》い」

善美は手を叩いて、

「――でも、タンメンじゃなかったの？」

「あれは藪《やぶ》」

女人形師は、ほとほと感心したという眼でせつらを見つめた。

「ドクター・メフィストを藪と言えるのは、冗談でも世界にあなたひとり。あ、天丼《てんどん》の上」

注文を受けた店員が、よろよろと去って行った。

「ね、後ろの席のアベック――女のほうがもう陶酔状態よ。男が何か言ってるけど、こっちも口が半開きよ。罪な男ね」

とせつらを見る顔は、最初からややそむけられている。せつらの魔法は、かける相手を選びはしないのだ。

まず天ぷらうどんが来て、じきに天丼も届いた。

「イケるね」

とせつら。女人形師の健啖《けんたん》ぶりに感心したらしいが、よくわからない。

「しかも――上。海老《えび》が三本」

「あなたは――普通の？」

「そ」

「一本上げようか？」

「ノン」

「それは残念。じゃ、そのお芋《いも》の天ぷら頂戴《ちようだい》ね」

せつらの返事も待たず、丼《どんぶり》から取り出して、はふはふと食べはじめた。

せつらも、ちゅるちゅると吸い込んで、

「それで――さっきの」

「ああ、久毛を殺した相手ね？　ひとりしかいないわ」

「内外暁鬼」

相も変わらず、恐るべき真相の開陳《かいちん》も寝呆《ねぼ》け半分としか思えないせつらの口調である。

「当たり」

「でも」

「そう。死んでるわね。私と久毛で確かめたわ。でも、生き返って来ても別におかしくないでしょ。ここは〈新宿〉よ」

「生き返った例も、生き返らせた策も術も山ほどある。けど、生き返らせた目的は？」

「それも簡単よ。あなたとメフィスト医師《せんせい》の生き人形を作らせるためだわ」

「出来る？」

「師匠ならね」

強い口調であった。断定といっていい。それでもわずかな曖昧《あいまい》さが揺れているのは、せつらの美しさゆえだ。

「けど、久毛は殺された。仲悪かった？」

「あいつ、だんだんと驕《おご》ってきたからね。おれが一番って」

「はあ」

「実のところ——破門させられたのよ。その理由知ってる？」

「いえ」

「『御魂《みたま》人形』ってのは？」

「ああ。モデルの魂《たましい》まで塗り込めて、モデルの精神を操る？」

善美は小さくうなずいた。

「ハイチのほうじゃ、ヴードゥーっていうまがいものらしいけどね。『御魂人形』はあんなまやかしじゃないよ」

「ほお」

せつらの反応は同じだが、台詞《せりふ》が変わった。案外、好奇心満々なのかもしれない。

しかし、善美は唇に人さし指を当てて、

「後は内緒」

と言った。

「そんな」

「後は別の場所で」

2

その建物の前まで来ると、せつらは善美をふり返って、

「本気？」

と見つめた。

相手は三度うなずいた。両眼を閉じた顔が明らかに笑っている。

建物の表面には、

「ホテル・ドール」

とあった。

「あなたのホテル？」

「ほほほ」

「やっぱり。副業がお好き？」

「人形だけじゃ食べていけないのよ」

「遣《や》り手」

「ほほ、ありがと。——じゃあ行きましょ」

とせつらに腕を絡《から》めて入口の方へ歩き出した。せつらにも拒《こば》むふうはない。

自動ドアの前で、善美は立ち止まり、せつらの脇を抜けて、下りたばかりの階段を駆け上がった。

〈旧・区役所通り〉と交わる地点に、黒い長衣をまとった影が立っていた。

「誰？」

とせつらが訊いた。

「あたしたちを尾《つ》けて来た奴《やつ》だね。これはちょっと手強《てごわ》いな」

「誰の刺客《しかく》？」

「わかんない。でも、この殺気は——」

「どしたの？」

「人形の殺気さね」

「そんなものあるの？」

「無機質の存在にも殺気はある。生命を吹き込まれた場合に限ってだけどね」

「誰の人形？　どっから後を尾けて来たの？」

「多分、あんただね」

「言い掛かり」

せつらの言葉に、善美はにんまり笑うと、ひょいと通りの真ん中へ出た。通りかかった通行人がこちらを向いて、せつらと善美の組み合わせに気づいて、棒立ちになった。

「誰に頼まれた？」

と善美は別人のような殺意をこめて訊いた。

相手の顔は見えない。長衣はフード付きで、ジッパーで閉じられていた。

それが開いた。

二つの光点から赤光《しゃっこう》が善美を襲った。顔面に吸い込まれたそれは、五〇万度の超高熱であらゆるものを蒸発させるはずであった。

「残念でした」

善美はうすく笑った。

「〈区民〉ならみんな、レーザー用の〝P《プロテクト》ミスト〟を吹きかけてあるもんさ」

Pミスト――米軍が数年前に開発した霧状の装甲だ。朝ひと吹きで効果は十二時間。あらゆる衝撃と高熱に耐えるとされ、戦車砲の直撃にも平気の平左《へいざ》という。観光客もそのへんのコンビニで入手できるが、効果は〈区民〉用の三分の一に落としてある。とりあえずの護身用には充分だ。熱線攻撃は工業用レーザーまでOK。五〇万度のビームなら訳なく撥ね返す。

「残念でした」

善美はまた笑いかけて、上衣《うわぎ》の内側から、一本のナイフを取り出した。凶器というより飾りだ。十七、八世紀のヨーロッパ貴族の人形なら似合いそうだ。

ふりかぶって投げた。

敵はよけようともせず、その顔面に受けた。

よろめくのを見て、せつらは、ほうと洩らした。

飾りの刃は、柄まで食い込んでみせたのだ。

「人形づくりにも、いろいろあってね。魂をこめれば向こうも反応する。時には敵対も。そんなときの用心に、『武器呪法』が必要なのよ」

敵の身体が急に崩れた。

「自爆する」

せつらの声と同時に、そいつは四散した。勢いのない吹きとび方なのは、製作者が周囲への影響を考慮したものか。

手足もレーザー放射器も三メートルほどしかとばず、ナパーム式の炎も生じなかった。

「何処製かしら?」

「軍用」

とせつらは答えた。

「周りに必要以上に被害を及ぼさず、機能の中心部だけ破壊する」

それは敵の利用を怖れてのことだろう。

せつらが右手を突き出すと、小さな電子部品のようなものがとんで来て、乗った。

「中で」

せつらは、さっさとラブ・ホテルのドアをくぐった。

部屋を見廻して、

「内部《なか》は普通だね」

とせつらは、のんびりと言った。

「しかも、料金を取る」

「当たり前でしょ」

善美は、あっけらかんと返した。

「あんたの経営だ」

「それと料金取るのとどういう関係があるの？　ホテル入れば宿泊料払うのが当たり前でしょう」

「そうだけど」

「ここ何階だか覚えてる？」

「地下三階」

「直撃以外なら核兵器の攻撃にも耐えられる造りよ。耐震も9までならオーケイ。本当なら、あなたが払った料金の五倍はいただくのよ。地上にいてごらん、さっきの人形を操ってる奴らが、第二第三の刺客を送り込んで来るのは眼に見えてる。ミサイル射《う》ち込まれたっておかしくないのよ」

「考えすぎ」

せつらは淡々と指摘し、

「それより、『御魂人形』って」

と切り出した。ここへ連れ込まれた理由などどうでもいいらしい。

「映画や小説で曲解《きょつかい》されてるけど、ハイチのヴードゥーによって動き出す死体を本来、ゾンビというのよ。人の肉を求めてうろつく屍肉《しにく》食いとは違うの。『御魂人形』は、それの進化形というべきかしらね。人形自身が魂を持って、自由意志で行動を起こすのよ」

「自由意志？」

「家族を遺《のこ》して亡くなったご主人が、家族の下へ帰って生活をやり直すことも可能なら、殺人鬼と化して凶刃《きょうじん》をふるうのもありよ」

「止められるのは？」

「魂を吹き込んだ人間だけ」

「それができるのは――」

「内外暁鬼師匠だけ」

「やはり生き返ったか」

せつらは、うなずいた。思い直したという口調ではない。必ず打つと思われていたホームラン・バッターが、やはり一発かましたか、という感じである。

それから、ちらと善美を見て、

「やった？」

「とんでもない」

善美は片手をふって否定した。

「久毛の奴よ。もっともひとりじゃ絶対に無理だけど」

「もうひとりは？」

「そんな眼で見るな」

と善美は叫んだ。

「違っていても、白状してしまいそうよ。もうひとりは別にいるわ」

「誰？」

「この街の人形づくりの実力でも無理よ。これはあり得ない想像だけど――外から来た天才かも」

「はあ」

「捜《さが》してごらんなさい。お手のもんでしょう」

艶然《えんぜん》と微笑《ほほえ》む善美は普段とは別人のように見えた。

「幾つも出来る？」

「そうはいかないはずよ。人体をこしらえるのも骨だし、魂を探して入れるのが、ひと苦労。『御魂人形』に挑戦した連中は多いけど、みな途中でギブアップか、あくまでもアタックして廃人になってるわ。無事に完成させたのは、史上三人しかいないはずよ」

「ほお——誰？」

「魔道士と錬金術の祖と呼ばれるヘルメス・トリスメギストス、悪魔を召喚したただひとりの魔道士ドクトル・ファウスト、そして——」

「内外暁鬼」

こう言ってから、せつらは、

「そのひとりは知ってるけど、こんなことするとは思えないし、やっぱり暁鬼だな。けど、何のために？」

「彼を甦《よみがえ》らせたもうひとりを見つけて訊き出すしかないわね。このままだと、おかしな生き人形が幾らでも出てくるわよ」

「退治方法は？」

「出来たてなら、焼いてしまえば済むわ。けど、三日もすると、何をしても無駄。核攻撃でもするしかないわ。昔の映画でもこんなラストがあったでしょ」

「連中の武器は？」

「基本的には人間と同じよ。ただ、どんなことをしても殺せない相手がその気になったら、と考えてごらんなさい」

「危《やば》い」

ちっとも危くなさそうに言って、せつらは立ち上がった。

「何処行くの？」

「ぶうちゃんのとこ」

「〝ぶうぶう・パラダイス〟ね。でも、その前に、ここでやることがあるんじゃなくて？」

「何それ？」

「じれったいわね」

善美は手を背中に廻して、ジッパーを下ろした。白いブラに包まれた乳房は、意外に大きく、肌全体に合わせて、ピンクに色づいていた。

「あの」

せつらは首を傾《かし》げた。

「少し状況を理解しなさいな」

善美は叱《しか》りつけるように言った。

「私、人間そっくりの人形を相手にしてるのが、つくづく嫌になっちゃったのよ。たまには人肌のぬくもりが欲《ほ》しいんだ」

「はあ」

「いろいろ教えてやったじゃないの。恩返しって意味くらい知ってるんだろ、ハンサムさん？」

「ここの料金は払ったし」

「いいかげんにしなさいよ」

顔中に昇った怒気《どき》が、いっぺんに退《ひ》いた。せつらが見つめたのだ。

「それに――」

「――何よ？」

と尋《たず》ねる声も弱々しかったが、妖《あや》しい光を湛《たた》えた眼は露骨な欲情を漲《みなぎ》らせて、せつらの手を取って、乳房に導《みちび》いた。

「困ります」

「もう！」

善美が手を外して、せつらにとびかかった。

「きゃっ⁉」

と叫んだのは、せつらに非《あら》ず、善美自《みずか》らだった。

核攻撃でも平気なはずの部屋が、激しく震えたのだ。

「あれれ」

首を傾げるせつらへ、

「外じゃないわね。誰かが地下へ侵入したのよ」

ドアが開いた。

太り気味の中年男であった。

「あんたは――誰⁉」

見たことのない人間らしかった。

「オーナー、――倉金《くらかね》です」

「どなた？」

とせつら。

「店長よ。でも――そうか、人形に魂を吹き込んだのね。あなた、もう殺されてるんだ」

「そう……です……逃げてください……オーナー」

男は右手を上げた。何かを握っている。アメリカ軍用M67破片手榴弾《しゅりゅうだん》である。すでにセフティ・リングは抜かれ、手を離せば、安全レバーが吹っとんで内蔵撃鉄が信管を叩き、数秒後に爆発する。

手が離された。レバーがとんだ。爆発まで五秒――

投擲《とうてき》姿勢を取らなかったところを見ると、自爆覚悟だったのだろう。

だが、M67はせつらの手の中で無言を貫《つらぬ》いていた。

店長の魂を持つ人形が入って来たときから、見えざるチタンの糸は、手榴弾の内部に侵入し、撃針を固定していたのだ。

ノン爆発の武器を握ったまま身じろぎもしない殺人者を、善美は呆然と見つめた。脱いだ上衣で前を隠しているのは言うまでもない。

ようやくせつらへ、

「あなた、何かやったの？」

「縛《しば》った」

と答えてから、

「いつ殺された？」

と立ちすくむ男――人形に訊いた。

「あんたたちが……地下へ降りて……すぐ……」

「それで、この人形に憑依《ひょうい》させられたんだ。誰が？」

「白髪の老人……でした……鬼みたいな顔つきの……」

「師匠よ」

善美が呻《うめ》くように言った。

「彼は何処に？」

「おれにあんたのところへ行けと命じてから、出て行った。おれは店長室で殺され、気がつくと、この身体に乗り移っていた」

「その男の服装とかに特徴は？」

「わからない……何にも……早く……楽にしてくれ。ひどく苦しいんだ」

そういえば、息は荒く、しかし、男の顔は無表情だ。人形のように。

せつらのかたわらで、苦鳴《くめい》が放たれた。

「どうした?」

問いが終わる前に、善美は床に倒れていた。

「こら」

と駆け寄ってののしる。善美は突っ伏したまま、

「師匠よ。私が敵だと……認識したのね……そいつの眼から見ていたのよ」

「呪術?」

「師匠の弟子になるとき、小さな石の破片を服《の》まされた。あれよ――裏切り者を罰するための道具だったんだわ。ね、すぐ〈メフィスト病院〉へ」

「オッケ」

言うなり、人形の首がとんだ。

爆発が生じたのは、善美に肩を貸したせつらが、エレベーターに乗ってからだった。

3

「症状の原因となる異物は排除した。呪術的な力による苦しみも消えた。だが――」

と白い医師は告げた。当然、せつらは最後の「――だが」に眼をつけた。

「だが――なに?」

「彼女にはもうひとつの呪いがかけられている。いわゆる〝反逆者への鉄槌《てっつい》〟だ」

「あれれ」

「知ってるだろうが、それは、この世界が始まってからつきまとう現象であるだけに、あらゆる生物の潜在意識が、良しと認めている。それだけに排除も難しい。あと一日ばかりかかると思ってくれたまえ」

「いいけどさ。僕、その女性《ひと》がいないと困るんだ。

今日と明日、何とか外出させてくれないかな」

「自分の連れて来た患者に、死ねと言うつもりかね？」

「仕様がない」

「僕などと言う男らしい台詞《せりふ》だな。医師として許せんな」

「カッコつけるな。月夜の晩ばかりじゃないよ」

結局、せつらが折れて、病院を出た。

午後も遅いが陽《ひ》は高い。路上に落ちる影は長く——美しい。

「藪藪藪《やぶやぶやぶ》」

と繰り返しながら、〈靖国通り〉へ向かいつつ、〝ぶうぶう・パラダイス〟へスマホをかけた。

「はい、ぶう」

と出たから、依頼内容を話すと、打てば響くように、

「〈慶応《けいおう》病院〉の東側が〈第一級安全地帯《ファースト・セフティ・ゾーン》〉になってるわさ。そこよ」

さすがのせつらも、

「素晴らしい。今度お汁粉《しるこ》食べよう」

と約束してしまったほどである。

タクシーを降りると、見慣れた光景が広がっていた。バリケードで囲まれた瓦礫《がれき》の山である。バリケードのあちこちは破られ、見えない奥の方から煙が上がっている。ホームレスか浮浪者が入り込んだものだろう。

妖物がいても生命の危険がなしと見なされる〈第一級安全地帯《ファースト・セフティ・ゾーン》〉は、彼らにとって絶好の塒《ねぐら》を提供してくれるのだ。建前上は、立ち入り禁止だが、〈区〉も〈警察〉もその辺は、「禁令を破ったものの責任」と、ほぼ放《ほ》ったらかしである。甦った内外晩鬼の棲家《すみか》には、もってこいの場所と言えた。

「あれ」

せつらの唇からこう洩れたのは、何を感じたものか。しかし、それきり臆《おく》するふうもなく、彼は鉄条

網の破れ目から瓦礫の世界へと身を入れた。

　まず眼についたのは、一〇メートルほど前方にある、強化プラスチックの住居だった。塒というほうが近いお粗末な建物だが、かなり広い。玄関らしい戸の前で、四人の男女が輪を作って何やら唱《とな》えている。〈区外〉なら今でも不気味な光景だが、〈新宿〉ではありふれたものだ。〈魔震《デビル・クエイク》〉以来、〝個人宗教〟と呼ばれる現象が〈区民〉を侵蝕《しんしょく》し、自ら創《つく》り出した〝神〟を信仰する人々が増大しはじめた。ほとんどは、旧来のキリスト教、仏教等の変則的な代物《しろもの》だが、独自の教義を設定し、危険な行動に走る者たちも少なくない。それが規制されないのは、あくまでも個人ないし家族単位に留《とど》まるため、重大な犯罪には到《いた》らなかったためである。

　せつらも気にせずかたわらを歩み去ろうとしたとき、家族のひとり——十六、七の娘が立ち上がって、

「わあ、綺麗《きれい》」

とせつらを指さした。他の三人——中年の両親と弟らしい一〇歳前後の男の子は、一心不乱に口を動かしているばかりだ。

　さらに二〇メートルほど進むと、病院の施設だったらしい数棟の廃墟《はいきょ》が迎えた。

——向かって右端の一階だわさ

外谷《とや》の指示は、〈新宿〉一の情報屋にふさわしい精確さであった。

「ん？」

　せつらは足を止めた。地面が揺れている。〈魔震〉は今なお余震による存在感のアピールを忘れない。

「危《やば》い」

〈余震〉は本体の邪悪なエネルギーを〈新宿区〉一体に散布すると判明している。発生後数日は、大量殺人、放火等の凶悪犯罪が続発し、〈警察〉と〈区〉は髪の毛を掻《か》き毟《むし》ることになる。最大の災厄《さいやく》は、怨霊、黒魔道士等の邪悪な存在が、さらなるエネルギーを充塡《じゅうてん》されることだ。

せつらは足早に、廃墟に近づき、ドアも崩れた玄関から足を踏み入れた。

すでに妖糸——〝探り糸〟を入れている。

一階の左端の一室から、手応《てごた》えが伝わって——消えた。妖糸が切断されてしまったのだ。

内外暁鬼か？

あとは無反応だ。

せつらはドアに近づき様子を窺《うかが》った。

足音が近づいて来た。ドアから遠ざかると同時に開いた。

妙な奴が顔を出した。男か女かもわからない。顔？　どう見てもケント紙か何かを丸め、ホッチキスで止めただけの代物だ。首も肩も手も脚《あし》も——関節などないから、それに当たる部分には、単に皺《しわ》が寄っている。

「ご主人いる？」

とせつらは訊いた。向こうが一応、普通に対応してくれたのだから、こちらも合わせなくてはなるまい。

ケント紙を丸めてこしらえた人物は、小さくうなずいて、横にのいた。

「どーも」

小さな講堂くらいの室内に、同じような紙の人体が転がっていた。ざっと見ても五〇は下るまい。人影はない。

「内外さん——います？」

せつらは声をかけた。

「秋と申します。人捜し屋ですけど」

一体のケント紙が滑《なめ》らかに立ち上がって、

「よく来たな」

と言った。せつらは驚きもせず、

「舌もつれてますね。お歳《とし》のせいですか？」

「大きなお世話だ。お前のことは聞いておる。生きている間はまみえることもなかったが——」

ここで、うーむと唸《うな》り、

「やはり噂《うわさ》どおりの美男だの。どんな人形師や面づくりがかかっても、敗北するしかあるまい」

次第に恍惚《こうこつ》としてきた声は、最後には上《うわ》ずってい
た。

「出て来ませんか?」

とせつら。

「惜しい」

とケント紙が言った。

「これほどの美貌《びぼう》の主を殺さねばならぬとはな。し
かし、その顔だけ無事に貰《もら》うということで、手を打
つとしよう」

立ち上がった人形たちに取り囲まれたのをせつら
は知った。五〇どころか一〇〇近い。

「ええと、その前に一緒に来てくれませんか?」

「そうそう。用件を訊くのを忘れていたな」

「久毛を殺しました?」

「ああ。不肖《ふしょう》の莫迦《ばか》弟子だったのでな」

「恩人では?」

「何のことだ?」

「生き返らせてくれたし」

「優れた師に、生命を吹き込むのは、弟子として当
然のことだ」

「もうひとり——久毛の仲間がいたでしょ」

「もうひとり? 知らんぞ」

「おとぼけ」

「かかれ」

ケント紙がせつらを指さすや、他のケント紙も一
斉に迫って来た。

せつらは妖糸を放った。

もしも、生きもの相手なら大虐殺《ぎゃくさつ》と呼ばれると
ころだろう。五〇を超す人形は、全員、胴から輪切
りにされて、床に伏したのである。

「あらら」

せつらには意外な結果だったとみえる。

「おたく一体きりか——しかし、いくら紙製だから
って、無駄遣《づか》いが過ぎるなあ。一体幾ら?」

最後の一体——声のみ暁鬼——が突っかかって来

た。新たな妖糸をふるう前に、せつらは蝙蝠《こうもり》のように頭を下に天井に貼りついた。

愚かな民たちよ、とこの若者が言えば、一〇〇人が一〇〇人等しくうなずいたに違いない。

これではいくら動くケント紙といえど、手の打ちようがない——と思われた刹那、そいつは手近の壁に走り寄るや、片足を垂直の壁につけた。それを軸に、もう片足も後を追って、固定される。

驚くべき速さでそれを繰り返し、彼は天井に着くや、せつら目がけて、突進して来たではないか。

妖糸が無効なのはわかっている。せつらが何もできぬ間に、ケント紙は右手をふり上げた。

びゅっ、と風を切ったのは、手刀のつもりか。

「おっと」

二メートルも後退したせつらのコートの裾《すそ》は、すっぱり切り裂かれていた。手刀ではない。それは刃そのものであった。指などない。ただ丸めた紙の腕だ。

またも前進して斬りかかるその手から、せつらは華麗《かれい》な黒い蝶《ちょう》のごとく右へ左へ躱《かわ》しながら逃げるばかりだ。

やがて、彼は天井の片隅に追いつめられた。

「さて」

この状況で放てるつぶやきではなかった。怯《おび》えきった挙句《あげく》か、あくまでも未知の自信がある故《ゆえ》か？

どちらにしても、茫洋《ぼうよう》としたつぶやきを、ケント紙は前者と取った。

トトトと天井を歩いて、立ち尽くすせつらの顔を横に薙《な》ごうと、右手をふりかぶる。せつらに打つ手はなかった。

だが、彼は口を開いた。いや、上顎《うわあご》と下顎に口腔《こうこう》内から突き出た手がかかっているではないか。

「これは⁉」

ケント紙が硬直したのも当然だ。だが、唇を割って黒い塊が現われ、床の上で人の形を取ったのは当然とは言えまい。

せつらを庇《かば》って立ったのは、せつら自身であった。いや、顔立ちこそ劣《おと》るが、それでもはっきりとわかる。

「この作りは、丹後善美の守り人形か」

ケント紙は叫んだ。目も鼻も口もない白い顔が悪《あっ》鬼《き》の形相《ぎょうそう》と化した。

「師を裏切るか、丹後よ。一生呪われるぞ」

「申し訳ありません」

とせつら2号は答えた。善美の声で。その間にもうせつらは床に降り立って天井を見上げていた。片手で胃のあたりを押さえ、口が少し開いている。善美のくれた護符《タリスマン》の効果に少々面食らったのである。

不意に二つの人体が突進し、すれ違った。

せつらの顔前に、片方が落下し、音もなくひしゃげた。一〇センチほどの人形——せつらの分身だ。

それを摑《つか》んでポケットに収めた。

「紙製か」

やや声が重いのは、ボディガードだったからである。そして、もう一体——内外暁鬼の代理が音もなく前方に降り立った。

「逃がさんぞ」

「やれやれ」

とせつらが肩をすくめたとき、上の方から人影がひとつ走り寄り、ケント紙人形に光るものを投げた。

ケント紙の喉元に刺さったのは、細長い縫針であった。

「善美——貴様は……何処まで……」

呻きはか細くなり、仰向《あおむ》けに倒れた身体より早く消えた。

「意外と簡単でしょ」

せつらの隣でこう言ったのは、丹後善美であった。

「はあ。でも、僕は追い詰められた」

「おとぼけ。相手をからかってたんでしょ？　あなたなら、何か手があるはずよ」

「ははは」

図星《ずぼし》かどうか、せつらは虚《うつ》ろに笑った。

「けど――本人はどちら?」

「奥でしょ」

スチール製のドアがある。

せつらは近づいてノブを廻したが、ビクともしなかった。

妖糸で鍵を切断した先には、ひとりの老人が古びた肘《ひじ》かけ椅子《いす》に腰を下ろしていた。薄緑色の作務衣《さむえ》の襟元《えりもと》から突き出た顔と頭部は、皺と白髪に埋もれ、手には無惨な老人斑《ろうじんはん》が星座のように広がっていた。

「内外暁鬼だ」

と言った。滑舌《かつぜつ》はしっかりとしているが、年齢は隠せない。

「秋と申します」

「師匠。申し訳ありません」

と善美が呼びかけた。

「久毛が裏切り者の血を引いているのは、人形を作る作業の過程でわかっていた。だが、おまえは――」

「申し訳ありません」

善美は頭《こうべ》を垂れ、すぐに上げた。

「ですが、師匠――師匠の作り上げた作品たちは、この街に災厄を撒《ま》き散らそうとしています。おやめくださいませ」

老人は顔全体を歪《ゆが》めて、

「作品――まだ人形づくりの意識が抜けぬのか?わしが教えたのは、そんなものの作り方ではない。生命を持つ人間だ」

「それは――私たちには無理でした」

「そうだ。そうして、お前と久毛はわしの死後、身を退いた。手も脳も血まみれになって行なう〝人間づくり〟から、な。わしは、不肖の弟子たちを憎んだ。人形に生命と魂を吹き込む苦患《くげん》の道から離れて行った者たちをな。だが良い。わしは新しい生命を得、未完の大偉業に再び手を染める。邪魔者や愚か者を処分しながらな」

彼は右手をふって投げた。手は肘から抜けて善美の喉へと走り、空中で二つになった。

「ほほう――やるのお。世にも美しき稀人《まれびと》よ」

暁鬼の笑みは鬼の笑いだった。

「どーも」

とせつらが応じた刹那、老人の首は落ちた。

第六章　野望の牙

1

血も出ない胴体と首を見て、

「どうしてわかったの？」

と善美は訊《き》いた。せつらは気づかないと思っていたのだろう。

「最初から。腕も切れた」

せつらの答えも短い。ドアを開く前に送っていた〝探《さぐ》り糸〟の連絡であった。

「さて、本体は？」

せつらが、やや首を傾《かし》げた。妖糸にも反応はないのだ。

室内を見廻《まわ》しても、ばらばらの人体が数体転がっているばかりだ。

窓にも、外へ出るドアにも鍵がかかっている。

「密室か。カーを出せ」

密室ミステリの大家と言われるディクスン・カーのことだろう。

善美が入って来た廊下の方へ眼をやって、

「あそこから逃げられるはずはないしね。地下室か隠し扉は？」

「ない」

とせつらは応じた。〝探り糸〟は放ってある。

「すると」

せつらは近くに転がった人体を見下ろした。善美は肩をすくめて、

「バラバラになった部分には、師匠も取り憑《つ》けないわよ」

「すると、何処《どこ》へ？」

「カーさんより、フェル博士かメリヴェール卿ね」

どちらもカーの作品に登場する名探偵である。善美もミステリ好きらしい。

「あーあ」

とせつらが溜息《ためいき》混じりにつぶやいた。どんな名探偵でも、〈新宿〉では無能と言いたかったのだ。ポ

ー以来の、論理が通用する街ではない。

応じたのは、床へ倒れる音だった。

善美が忽然《こつぜん》と現われたのを、せつらは思い出した。〈メフィスト病院〉を脱《ぬ》け出して来るには、大変な努力と、癒《い》やし終えぬ症状の悪化がついて廻ったに違いない。

うつ伏せの身体《からだ》を、易々《やすやす》と肩に担《かつ》いで、せつらは外へ出た。

「ん？」

瓦礫《がれき》の中に、かなりの人数が立って、こちらを見つめている。くたびれた服装、廃墟《はいきょ》の住人だと一発でわかるが、まとめてこちらを見つめているとなると、只事《ただごと》ではない。

だが、せつらが歩き出す前に、沈黙と停止は崩れて、人々は思い思いの方角へ散っていった。

「少し厄介《やっかい》かな」

せつらも歩き出した。警戒しているふうな様子は微塵《みじん》もない。

〝探り糸〟を絡ませた。人間だ。いきなり横合いから、夫婦らしいホームレスが摑《つか》みかかって来た。

妖糸《ようし》は——滑《すべ》った。

「あれれ」

せつらの声に、

「おい、何をしてるんだ？」

荒々しい男の声がした。

廃墟へ入って来たときに見かけた四人家族の父親だ。

人垣を押しのけ、せつらを助けに走り寄ろうとしたその髪の毛を、若い女が摑んで、片手を首の横に当て、軽く捻《ひね》った。

嫌な音がした。男の首は正確に一八〇度回転した。男は人間だったのだ。

死体を放り出して、女と一同が前へ出た。

そこで止まった。

待っていたかのように吹きつけて来た風が、せつらの髪を吹き乱した。前髪が眼のあたりにかかった。

人形たちは動かない。動けないのだった。

せつらがぽつんと言った。

「私に会ってしまったな」

前と同じ声だ。

だが、前とは違う。

また風が渡り、かかった髪の毛を元に戻した。

同じせつらだ。

だが、同じせつらではない。

全身から立ち昇る妖気が違う。全身を巡《めぐ》る冷たさが違う。

わかるのか、精神《こころ》のない人形たちよ。

そこにいるのが〝僕〟ではなく〝私〟だと。

「来い」

とせつらは促《うなが》した。

それでも動けない。恐怖がそれを感じぬはずの人形どもを縛《しば》り上げてしまったのだ。

「来なければよい」

その声を彼らはどう聞いたか？

「私から行こう」

次の刹那《せつな》、せつらの妖糸をもってても落とせなかった人形たちの首は、同じせつらの同じ妖糸をもって、呆気《あっけ》ないほどたやすく、宙に舞ったのである。

「ど、どうやって⁉」

肩に担がれていた善美が眼を剝《む》いた。気づいていたらしい。

返事はない。せつらの横顔に、病人とは思えぬ鋭い視線を当てて、

「……あなた……誰？」

せつらは周囲を見廻した。胴体から離れてなおもぎくしゃくと蠢《うごめ》く腕を、足を、口を開け閉めしながら、悪罵《あくば》を放つ顔を。

「死なんな」

「いくらバラしたって無駄よ。生命の元を断たなければ」

「作り出した奴《やつ》の弟子」

指摘して、善美を震え上がらせてから、

「打つ手は?」

と訊いた。

「焼いてしまえばいいわ」

せつらは周囲を見廻し、善美を地面に下ろすと、少し離れたところにある掘っ建て小屋まで行った。

戸口にポリタンクが置いてある。遠目でも七分目入っているのがわかる。

せつらはそれを取って戻り、蓋《ふた》を開けた。

善美は、ぎょっとしたように、ガソリン、とつぶやいた。

左手で幾《いく》つかの足音が重なった。必死に首をねじった。

大小の影が三個近づいて来る。母親と男の子と女の子——さっきの男の家族であろう。

「来ちゃ——駄目」

なんとか聞こえそうな声が出たが、三人の足は止まらない。

この間にせつらはタンクの中身を、蠢く手足にかけて廻った。

「何てことを」

善美は愕然《がくぜん》とせつらを見つめた。自分にも撒《ま》かれると思ったのである。だが、せつらは彼女を残して撒き終え、また肩に担いだ。

「駄目よ。火を点《つ》けちゃ。あの家族が」

三人は父親に駆け寄っていた。

あんた、父ちゃん——泣き声が入り混じった。必死で父親の身体をゆすっている。撒布《さんぷ》圏内だ。

善美が身を捻って、せつらの肩から降りた。何とか立ったが、全身を激痛が貫《つらぬ》いた。

身を起こせたのは、自分でも奇蹟《きせき》だと思った。

「逃げなさい!」

三人に向かって叫び——走った。四人揃《そろ》って、これから生じる無惨《むざん》から救わねばならなかった。

背後でごく小さな爆発音が聞こえた。

力をふり絞った。叫び声を上げつつ三人を両手で囲み、走った。

何するの、お父ちゃん、泣き声も無視して走った。力尽きて倒れるまで五、六秒だったろうか。背中に熱を感じたが、熱くはなかった。

燃えている——はずだ。生き人形の部品《パーツ》も、父親の死体も。

背後に気配が生じた。足音ひとつ立てない。空から降りて来たのだろう。

「怪我は？」

せつらの声も降って来た。気が遠くなった。彼女の知る人捜《さが》し屋の声であった。

背中が焙《あぶ》られはじめた。

「おやおや」

せつらのひとことで、四人はまとめて一〇メートル近く宙をとび、静かに着地した。

「父上の死体は無事です。失礼しました」

さっきの自分の行為を詫《わ》びたのか、と思いつつ善美は意識を失った。

気がつけば、〈メフィスト病院〉であった。

「勝手に脱け出されては困りますな」

と担当の内科医師が穏《おだ》やかに歯を剝いた。

「心臓も肺も胃も出血しています。戻って来られるのが、五分も遅れたら——」

彼が出て行ってから、病室に備《そな》えつけのＭＰＣ《マイクロ》を叩《たた》いて、あの〈廃墟〉での出来事を調べた。火事があったが、死者はひとりきり。放火の疑いがあるので、消防署と警察が調査中だという。少なくともあの家族は無事だったらしい。

「父親は運がなかったわね。でも、あの人を出現させただけで立派だわ。ああ怖かった」

ベッドの上で肩をすくめてから、

「——勉強になったわよ」

すぐ「ぶうぶう・パラダイス」へ連絡を取った

が、

「外出しております。ぶう」

の声が迎えただけであった。

ふと思いついて、携帯をプッシュした。

「海馬涼太郎探偵事務所です」

機械仕掛けの声が応じた。

「僕」

「なんでえ。あんたか」

急に同じ声の口調が変わった。

「留守電の代用品」

「壊れちまってな」

「新品」

を買えという意味だ。

「今んとこ金欠でな。借金取りもうるせえんだ」

「外谷ぶうは何処？」

「おお。今、〈河田町《かわだちょう》〉の空手道場にいるぜ。〝獄門館〟だ」

いつもは所在不明の情報屋も今日は別らしい。


「どーも」

電話を切ろうとしたら、

「おれもおたくに用があったんだ。内外暁鬼が生き返ったって、知ってるか？」

「誰から聞いた話？」

「風の噂《うわさ》」

「儲《もう》け話？」

「そうだ。ある国の軍事関係者が、暁鬼の人形づくりの技術を手に入れたいと動いているらしい。面白くなってきたぜ」

「どうするつもり？」

海馬は一瞬、言い澱《よど》んだが、たちまち、

「おたくは騙《だま》せねえな。暁鬼を見つけて、軍関係者と話をつけるのさ。国はよく知らねえが、フランスが一枚嚙《か》んでるのはわかってる。ヨーロッパじゃロクな稼《かせ》ぎにゃならねえが、アメリカが嚙んでるって噂もある。となりゃあ、百万千万の端金《はしたがね》じゃ済まん。ドルで十億百億って話になるぜ。ファイト満々よ」

「お元気で」

　せつらはすぐにバス停へ向かった。

　〝獄門館〟は、〈旧フジテレビ〉の社屋を見上げる位置に建っていた。周囲は〈魔　震《デビル・クエイク》〉の被災者向けのプレハブ住宅である。初期は味も素《そ》っ気《け》もない2LDKの連《つら》なりだったが、今では表面を飾ってブティックや飲み屋に改造する連中も多く、道路には人通りも目立つ。

　〝獄門館〟は、西棟の一角にあった。

　あと一〇メートルというところで、悲鳴が上がり、こちら向きの壁が、どおんと膨《ふく》れた。誰かが叩きつけられたのである。

〈新宿〉の武道場だから、打つ蹴《け》る投げる――すべて実戦用に決まっている。しかし、次々にドカンドカンと建物が揺れて悲鳴が上がるとなれば別だ。

　玄関でたのもう、と声をかけると、血相変えた若い道着姿が出て、

「ごご用件は？」

　完全に泡を食っている表情が、せつらを見るや消えた。頬《ほお》がみるみる朱に染まる。

「外谷さん、います？」

　汗だらけの顔が一気に青ざめた。これでわかった。

「失礼」

　せつらは靴を脱いで道場へ上がり込んだ。左の方にドアがある。

「どすこい」

　場違いな気合が轟《とどろ》き、ドアを突きとばして、道着姿がとび出して来た。黒帯だ。黄金《きん》の筋《すじ》が三本入っているから三段だろう。口から泡を吹いている。

聞き覚えのある笑い声が響いて来た。

　ぬはははは　ぶう
「相撲取り？」

「違います」

「道場破り？」

道場の人間だという考えは浮かばなかった。

「そ、そうです。三〇分前にやって来て、白帯茶帯をぽんぽん、とやっつけて、今は黒帯が交互に当たってます」

「相撲取り？」

「い、いいえ」

若者が道場の恥ともいえる現状を告白してしまうのは、せつらに気に入られたいと願ったものか。

「交互に？」

「はい、百人組手をやりたいと」

せつらは、無言で道場のドアを見つめた。

「何をやってるんだか」

つぶやきつつも、想像はついていた。

「しっかりしてください」

黒帯の介護にかかった若者を残して、せつらはドアを開けた。

一八〇センチ、九〇キロはある大男が、猫足立ちで前方の敵の様子を窺《うかが》っている。黒帯なのに、身体から緊張と怖《おそ》れが立ち昇っていた。これでは勝てるはずもない。

敗北の理由は明らかであった。

でっかい道着がぱんぱんの黒帯黒道着の主は、外谷良子であった。

「道着より、まわし」

とせつらはつぶやいた。似合うという意味だろう。

「カモン」

と外谷は右手でおいでおいでをした。七〇畳はありそうな道場の隅には、道場生たちが腰を下ろしているが、みな横になったり、大の字になったりで、顔を腫《は》らし、濡《ぬ》れタオルで冷やしているものもいた。肩を押さえて呻《うめ》いている奴は、骨折か脱臼《だっきゅう》に違いない。

「金子《かねこ》——行け！」

いちばん奥——上座に胡座《あぐら》をかいた禿頭《はげあたま》の巨漢

が、破れかぶれの声を張り上げた。

「きええーっ」

かん高い叫びも破れかぶれであった。

間合いは約四メートル。黒帯――金子は一気に詰めるや、空中に躍《おど》った。

跳び上段蹴りは、呆気《あっけ》ないほど正確に、外谷の顔面に突き刺さった。

爪先から二〇センチもめり込むのを、せつらは確認した。

「むん！」

外谷の右手がふられた。蠅《はえ》でも払うような仕草であった。

すっきりしない打撃音が上がった。蠅よりもずっと巨大な虫か何かのように、金子は木の床に叩きつけられて動かなくなった。泡を吹いている。白眼《しろめ》だ。

せつらの近くにいた中年の道場生が、

「おしまいだ」

とつぶやいた。

そうはいかないと、せつらは思った。

不意に外谷が宙に浮かんだ。白眼の男の鳩尾《みぞおち》に尻が落ちた。

ぐええと噴《ふ》き上げ、道場生は動かなくなった。

「とどめか」

とせつら。

こちらもヘロヘロの道場生が、医療箱を持って仲間のところへ金子を引っ張って行くと、もう外谷の前に立つ敵はいなかった。

どう見ても無傷だ。蹴り込まれた顔も少し赤いだけである。究極のでぶはこうなるのか。息ひとつ乱していないのに、せつらは、

「へえ」

と唸《うな》った。

「ぬはははは。百人組手が五〇人で全員ダウンか。笑ってしまうのだ」

ふんぞり返って笑い――外谷は一回転した。ほと

んど球体に近いため、そっくり返ると、こうなるのが物理というものだ。しかし——

呆然《ぼうぜん》と見つめる道場生たちの視線を、何か勘違《かんちが》いしたらしく、外谷は満足そうに、もう一回転してから、

「では看板は貰《もら》っていくのだ」

と宣言した。

「待ちたまえ」

と館長が止め、奥の部屋へと外谷を導《みちび》いた。袖の下を渡してお帰り願うのだ。

案《あん》の定《じょう》、五分で外谷は満面の笑《え》みを湛《たた》えて戻り、

「みなさん、さようなら、ぶう」

と、敵意を漲《みなぎ》らせるのも忘れてヘロヘロの道場生たちに頭を下げてから、ドアの方を向いてようやくせつらに気づいた。

「あらま、どしたの、ぶう？」

「内外暁鬼に逃げられた」

「ふむふむ」

とっくにわかっていたようにうなずいて、せつらと外へ出た。

「新しい居場所を知りたい」

「ふむふむ」

外谷は道着の胸ポケットに片手を入れ、スマホを取り出して、芋虫《いもむし》のような指で、表面を撫《な》でた。

「出た」

と言って、別のアイコンを叩《タップ》き、

「あんたのスマホに移したわさ」

「どーも」

せつらは礼を言い、

「いつから空手を？」

「全然」

「黒帯だけど」

「露天商から、幾らでも手に入るのだ」

「道場破りが趣味？」

「ぬはは」

ぽんぽんと腹を叩いたところを見ると、そうらし

い。小遣《こづか》い稼《かせ》ぎが目的に決まっている。

「いま着替えてくるからさ、一杯つき合いなさいよ、ぶう」

「いいけど」

これも仕事のうちである。半分異界の住人とのつき合いも、せつらには欠かせないのであった。

2

「あそこ」

外谷がタクシーの窓から指をさしたのは、〈四谷ゲート〉に近い、「ＢＵＤＥ」という看板の出ている店であった。じっと看板を眺めていると、

「なに見てんのよ?」

と凄《すご》まれ、せつらは、

「いや」

とはぐらかして、料金を払った。

「ルンルン」

外谷がご機嫌で入った店内は、夕暮れ時のような照明に、薄く沈んでいた。

客はテーブルに男同士のカップルがひと組だけだ。

狭いカウンターの向こうで、ベスト姿のバーテンが、

「らっしゃい」

と笑顔を向け、たちまち恍惚《こうこつ》状態に陥《おちい》った。

せつらの魔法だ。

「スピリタス、瓶《びん》ごと」

世界一強い酒である。雪山で凍死しかかった遭難者にひと口飲ませれば、即座に復活するばかりか、炎も吹くと言われている。

カウンターの椅子《いす》に尻を嵌《は》め込み、外谷は手酌《てじゃく》で飲《や》りはじめた。

グラスの縁まで注《つ》いで、ひと口だから、みるみる減っていく。

「ゴジラ」

とせつらは聞こえないようにつぶやいた。じきに火を吐くという意味だ。

六杯ほど連続で空《あ》けると、ノン・アルコールの柘榴《ざくろ》ジュースをチビチビ飲んでいるせつらへ、

「昨日あたりから、少しおかしいのだわさ」

と話しかけて来た。

何となくわかっているから、せつらも驚かず、

「何が?」

と訊いた。

「この辺の様子がよ」

外谷は、ぱんぱんと出腹《でっぱら》を叩いて辺りを見廻した。

せつらも後追いして、

「何が起きてる?」

「まだよくわからないのだ」

外谷は首を傾げた。

「珍しい」

「たまにあるのだ。こういうときは、ロクなことが起こらない。いちばんいい例は〈魔震〉だわさ」

「わお」

せつらが言うと、びっくりしたにならない。ただのわおだ。

「けど、今回はそんな大規模な厄災じゃないのに――何かもっと深くて――濃い――」

せつらは、外谷の顔を見つめていた。

「うーむ。何かわかるかと思って、道場破りに来てみたんだけどね。こういうときは、何かの形で自分を刺激するといいのだ――うーむ」

その表情を見て、

「半信半疑?」

「もう少しで、こう言えたんだけどね――ここの道場生の半分は、人間じゃないわねって」

「すると、まだ人間」

「このまま行くと長くないわさ」

ここで、ひと息入れるつもりか、

「ぶう」

と言った。

「どうしてあの道場へ？」

「汗を流すのを見たかったのだわさ」

外谷はぼんやりと答えた。

「その結果が、半分よ。この感じはもっともっと広がっていくわよ。〈新宿〉をうろついてる形あるものは、みんなやられるね。いや、ひょっとしたら、形のない連中も。ぶう」

何となく救われたような気がして、せつらは我知らず微笑《ほほえ》んだ。このおでぶちゃんは、まだまだ変わっていないのだ。

〈靖国通り〉へ出たところで、

「あたしはこれから、剛獣《ごうじゅう》流の道場破りに行くのだ。来るか？」

と訊かれたが、せつらは別れた。外谷から受けたスマホの住所へ向かった。

今度こそ、内外暁鬼を捕らえねばならなかった。

すべての原因は、この甦《よみがえ》った死者にあるらしい。

アドレスは、〈早稲田〉近くの一軒家であった。どうやら、復活と同時に、或《あ》いは復活前に何カ所かをキープしておいたらしい。

タクシーが〈大ガード〉を抜けて〈小滝橋《おたきばし》通り〉へ曲がる手前で、意外な人物から連絡が入った。

「梶原《かじわら》だ。すぐに来てくれ」

〈区長〉である。無視は簡単だったが、その切迫した口調が、せつらに何かを予感させた。タクシーは方角を変えた。

〈区長室〉へ入ると、梶原はすぐに用件を切り出した。

「ある人形づくりを見つけ出してほしい」

「名前は？」

「内外暁鬼。ただ、本人はもう死んでいるはずだ」

「そりゃあ無理」

「しかし、とにかく捜してくれ。死後、彼を目撃した者が何人も出ているのだ」

「見つけてどうする?」

「八元寺《やげんじ》夫人が看破したところによると、いま〈新宿〉に起きかかっている大異変があるという。それを未然に防ぐには暁鬼を――」

ここで口をつぐんだ。あとは言わずと知れている。

「わかった」

とせつらは言ってから、八元寺ねえとつぶやいた。

〈新宿〉で三本の指に入る霊能者で、〈区役所〉と契約を結び、毎日の吉凶《きっきょう》を占《うらな》っている。災害に関する霊感は特に強く、十中八九《じっちゅうはっく》外《はず》れなしという。

「で――条件は?」

「今日中に見つけて連絡をくれれば五億円。明日なら四億円、明後日《あさって》なら三億円――」

「了解」

声は相も変わらず、面白くもなさそうだ。

一階のロビーへ下りると、顔見知りの女子職員が、頰を赤く染めて、こんにちはと挨拶《あいさつ》を寄越《よこ》した。

もじもじしているから、

「どしたの?」

「秋さん――何か嬉しそうですね」

「そう?」

三日以内なら三億円である。

せつらがロビーを出てから、ソファや床に倒れる職員や〈区民〉が続出したのは言うまでもない。

〈小滝橋通り〉へ入ると、運転手が話しかけて来た。

「お客さん、会いたかったよ」

「は?」

運転手はルームミラーも見ないようにしながら、

「覚えてねーだろうけど、おれは二回お客さんを乗せたことがあるんだよ。それが昨日、急にまた会いたくなっちまって――いきなり今日だろ。いやあ、天のお導きだぜ」

「キリスト教？」

「いいや、天台宗《てんだいしゅう》だ。とにかくあんたに聞いてほしかったんだ」

「何を？」

「一昨日《おととい》くらいから、変な感じがするんだ。まるで、世の中変わっちまうような」

またか、と思った。

「どう変わる？」

「それは——具体的にゃ言えねえんだ。何のイメージもねえんでな。ただ、そんな感じがするというだけなんだ」

「人間が別のものになる？」

「いや、人間以外の化物《ばけもの》も怪物も——触《さわ》れるものは、みいんなよ」

ここにもひとりいた。

不安だけを感じ、しかし、その正体が不明なために、日常を送るしかない人間が。


目的地——〈早稲田ゲート〉のやや手前の一角で、せつらはタクシーを降りた。

夕暮れが迫っている。

せつらの全身が薄紅に染まり、空気もそれに続く。

羅刹《らせつ》が行く。

世にも美しい羅刹が、薄紅の火花を背後に散らしつつ秋の通りを行く。

子供たちが走り寄って、その影を踏み、手のひらを押しつける。誰に言われたわけでもない。彼らにはわかるのだ。そうすれば、こんな美しい男になれるのだ、と。

そして、手を叩く。

彼らには見えるのだ、ありもしない薄紅の花びらが。

前方の街角から、一群の人々が現われ、せつらとすれ違った。向きを変え、せつらと並んで歩き出す。

人間ではない。地上に落ちる影はない。

「行け」

とひとり——背の高い、目の粗《あら》いマフラーを巻いた男が言った。顔は焼け爛《ただ》れていた。〈魔震〉の犠牲者だ。何度かこの周辺で遭遇《そうぐう》し、せつらもその名を知っていた。出間総一郎《でまそういちろう》——電機商、五一歳だ。

「早く行け。そして、あいつを殺せ」

「そうよ、急いでください」

花柄のワンピースを着た娘が言った。喉元《のどもと》から下腹全体にぱくりと穴が開いている。

「あいつはこの街を滅《ほろ》ぼそうとしています。早く、早く処分してください」

「どうやって、この街を？」

せつらが訊いた。

すれ違う人々が、妙な表情でこちらを眺め、頬を染めて去って行く。しかも、怪訝《けげん》な表情は変わらない。彼らには、ひとりごとを言う自分しか見えないのだと、せつらにはわかっている。

蒼茫《そうぼう》と暮れていく通りが急に暗く閉ざされた。人影も絶えている。

左右にビルの廃墟が出現したのである。〈魔震〉によるものではなく、何年も前に廃棄《はいき》された建物だが、〈新宿〉の妖気に浸蝕《しんしょく》され、今では、何が棲《す》むとは知れぬ妖物《ようぶつ》の巣と成り果てていた。

破れ窓から、紅《あか》い塊《かたまり》が幾つも突き出し、すうと降りて来た。

瘤《こぶ》が二つつながったような胴体と、毛むくじゃらの八本の足を見るまでもなく、蜘蛛《くも》だ。しかも、大蜘蛛であった。

暗闇の中に、細い光が漏《も》れた。

二つになった蜘蛛たちの傷口から、紅い糸がとんだ。それに触れた壁も通路も白煙を上げて溶けていく。

「酸だ——逃げろ！」

誰かが叫んだ。

せつらの背が羽に変わった。

「早く行け。ここはおれたちが片づける」

「行ってちょうだい」

ボブカットの少女が叫んだ。

その頭に、全長一メートルもの蜘蛛が乗り、内側の足を引いた。

少女の首が折れた。何人かが躍《おど》りかかって、そいつの足と首を引き抜いた。ぼっと紅い糸が噴き上がり、彼らを灼《や》き裂いていく。

身体を縦に両断されても、動きは止まらなかった。

これは妖物と死霊《しりょう》の戦いであった。

なんと〈新宿〉的な。

3

異物たちの死闘を後に、せつらは目的の家に辿《たど》り着いた。

はためには、尋常《じんじょう》な一軒家であった。窓ガラスも破れていないし、ドアも歪《ゆが》んでいない。周りの庭木も、つい最近手入れが行なわれて整然さを示していた。

ドアの隙間《すきま》から〝探り糸〟を侵入させる寸前、向こうから開いた。

出て来たのは、バッグを提《さ》げた中年の女性であった。服装からお手伝いと知れた。

ドアに施錠《せじょう》し、せつらの方を向いた途端、棒立ちからよろめくいつものパターンを取る。

「あなたのお宅？」

とせつら。

「いえ、あたしは家政婦です」

「いつから？」

「――昨日から、こちらへ」

「ご主人は内外さん？」

「はい」

催眠状態のような婦人の受け答えであった。

「今日はいらっしゃる？」

「いえ。今朝からお留守です。鍵をお預かりしてるので」

「戻らなかったか」

外谷の情報は確かだが、住人は何か勘づいたらしい。

「お約束ですか?」

「いえ」

と答えて、せつらは背を向けた。

蜘蛛も死霊たちも追って来るふうはない。

そのまま一〇メートルほど進んで向きを変えた。お手伝いが別の通りへ入ったと、巻きつけておいた妖糸が伝えて来たのである。

家の前まで戻って、ドアを開けた。ロックは糸が外してある。

3LDKの平凡な間取りを抜けて、せつらは奥の十畳間へ入った。

運び込んだのか、ここで製作したものか、男女の人形が二体、壁にもたれて両足を投げ出している。裸のままだ。

「いつこしらえた」

ぼんやりとつぶやいた。前からの完成品か、それともここで作ったのか? 道具はない。前者だろう。

これまでの経緯からして、放ってはおけなかった。暁鬼の指示ひとつで恐るべき殺人兵器に変わる品だ。

「ガソリン」

とつぶやいた。普通の家にそんなものはないが、裏にプロパンのボンベが二本備わっていた。ここは、〈区ガス〉が通っていない家なのだ。

「仕様がない」

周りの家に〝探り糸〟を入れると、無人だった。

「焼いてもいいか」

いい訳はないが、それしか殺人人形を斃《たお》す方法は今のところゼロだ。

裏口を開けた。糸を工夫すると、すぐボンベが入って来た。

バルブをひねって、ガスの噴出音を聞いていると、玄関から人が入って来た。お手伝いが戻って来たのだ。妖糸は外してある。途中で何か用を思い出したのだろう。せつらも放っておいた。

ボンベを見つけたらしく、何よ、これ？　と叫びが上がり、足音がやって来た。せつらの背後で止まり、

「あ、あなた……」

呻き声が上がった。まだ魔法にかかっているのだ。それから、えっ⁉　と来た。

人形がぎくしゃくと起き上がったのである。

「どうして人形が？」

「雇い主の趣味です」

このやりとりの間に、二体とも摑みかかって来た。

「きゃあ」

と絶叫する身体ごと、ボンベのあるキッチンまでとんだ。

「ガ、ガスが」

お手伝いはこう口《くち》パクしてから、

「あなた、あなた、いったい――」

せつらは返事をしなかった。奥から敵がやって来た。

妖糸でも斃せない相手は、しかし、戸口で前方へのめった。足首を絡めとられたのだ。

前へ出た。畳に爪を立てている。

「和室は嫌いだ」

せつらは後方へとんだ。

キッチンから玄関を抜けて通りに着地する。通りかかった老人が、ひえと眼を剝いた。

「通りかかるな」

小さく悪態をついて、せつらは妖糸を使った。

人形たちはキッチンの内部《なか》にいた。

ポケットから一〇〇円ライターを取り出し、せつらは糸でキッチンへ運んだ。躊躇《ちゅうちょ》せず点火する。

爆発は思ったより大きかった。

窓ガラスと炎が噴出し、家全体が傾《かたむ》いた。壁が吹きとび、炎が後を追う。通りの向かいまで襲ったが、全て廃屋《はいおく》だ。

数丁離れた横丁から覗《のぞ》いていたお手伝いと通行人が、大きな溜息をつき、お手伝いが、

「え？　一日で失業？　責任取ってよ」

とふり返ったが、せつらはもういなかった。

燃えさかる家と、背後を何度も見比《くら》べながら、彼女は何故《なぜ》か恍惚とつぶやいた。

「なんか悪い夢見てるみたい。なのに、あたし、うっとりしちゃってるの。ねえ、どうして？」

無論、答える者はない。


三〇分後、せつらは〈メフィスト病院〉にいた。白い医師からの連絡があったのである。善美が会いたいと言っている。

「生命に別状はないが、かなりの重症だ。普通なら面会禁止だが」

「固いこと言うなよ」

「正直、面会基準ギリギリのところだ。少し針を傾けておこう」

「どーもどーも」

と揉《も》み手《で》しながら、内心では、

——いちいち勿体《もったい》つけやがって。藪《やぶ》
というところだろう。

病室の善美は、少しやつれて見えた。それだけだ。

「よく来てくれたわね」

「何とか」

「今だったら、あなたがここへ来る途中で、何百人か行き倒れて凍死してるわね」

「師匠は見つからない」

「やっぱり」

と小さく溜息をついて、

「手強《てごわ》い相手だからね。返り討ちに気をつけてよ」

「何とかする。逃亡先に心当たりはない？」

「あたしたちには、人形のことしか教えなかったからね」

「家族は？」

「孤独死だったし――ひとりよ」

「うーむ。愛人は？」

「あ」

小さく口を開けた善美へ、

「誰？　何処？　年齢？」

とせつらは畳みかけた。

「確か、寺角如子《てらかどなおこ》よ。それくらいしか知らないわ。住所もわからない。ただ――年齢《とし》は二五で〈新・伊勢丹〉の貴金属売り場で働いてるはずよ」

「充分」

せつらはうなずいた。

「じゃ」

「ちょっと待ってよ」

善美はあわてて止めた。

「なんて男性《ひと》なの。もう少しつき合っても罰《ばち》は当たらないけど、今出てったら当たるわよ」

「うーむ」

せつらは半回転した。それから、

「そうだ」

と言った。

「何よ、何？」

善美は好奇心一〇〇パーセントの笑顔を見せた。

「彼の作る人形は、どんどん変わっていく。邪悪化だ。止める方法は、本当に彼を斃す以外にない？」

「ないわ」

「あーあ」

「ひょっとしたら、寺角が知ってるかもしれないわよ」

「それだ」

せつらはうなずいた。

「じゃ」

「まだでしょ。あたしの話なんか聞いてないじゃない」

「はあ」

「普通ならどっちらけだけど、あなたの顔を見るとロマンチックになっちゃうのよね」

「またまた」

無感動もいいところだ。

「ねえ、人形づくりなんかになって、間違ってたかしらね」

「………」

「人間そっくりの人間こしらえてさ、出来っこないのに魂を入れようとか考えてしまうのよ」

「ふむふむ」

「あたしね、この頃怖くなってたの」

「へえ」

「人形作るのがよ。人間《ひと》がやっちゃいけないことだって気がしてね」

小さなリモコンを摑んだ。

左方の壁がスクリーンに変わり、闇とかがやきを映し出した。

〈新宿〉の雑踏《ざっとう》であった。

建物や看板を見なくても、その賑《にぎ》わいだけで〈歌舞伎町〉と知れた。

「見てごらん。みな妖気邪気凶気の街というけれど、この街には何よりも生気が溢《あふ》れているのよ。それは人間だけじゃなく、それ以外の形あるものとないものを問わず、存在しているものの生きている証《あか》しなのよ」

善美の声は、静かに熱を帯びてきた。

「この街を見るたびに、一通行人として、広い通りから狭苦しい路地をうろつきながら、私はあらゆる生きものの生気を貰ってきた。師匠も、久毛もそうだったろうさ。なのに、あたしはおかしな考えに取り憑かれてしまった。〈魔界都市〉を人形の街にしてやろうってね」

ここで口を閉じ、善美はせつらを見つめた。唇を嚙んでいる。脳までとろける恍惚を必死に食い止めようとしているのだ。

「人形に生命を与えることが、あたしたちの夢。いつの間にか、それは人間に変わって街を覆《おお》う人形たちの姿に変わっていった。ねえ、考えてみてよ。人間が呼吸もしない、トイレも行かない、口も開かない、セックスもしない、そのくせ、月光の下を手をつないで歩くなんて、素晴らしいと思わない。レストランで料理を前にナイフも取らず、席を廻ってくるバンドの演奏に耳を傾けるだけなんて。リクエストの趣味はいいし、チップははずんでやるの。街なかで殺人が起こっても、流れる血は赤インク。ポリスが駆けつけても犯人は見つからない。近くの路地裏で、自分をバラバラにして、スーツケースに収まってしまうからよ。あとは通行人の誰かが自分ちへ運んでくれるわ」

善美は赤らんだ頬を両手で叩いた。

「ここからが肝心。落ち着かなくちゃね」

呻くように言ってから、

「人形もセックスすると思う？　するわよ。そんなふうに作りたい。シャワーを浴びて、自分の固い肌の上を流れる湯の美しさに見惚《みほ》れるの。人形同士のセックスって、これほど美しいものないわ。獣みたいな声も、淫《みだ》らな声もなく、いつ満足するのかもわからない。その気になれば、延々と続くし、キスだけでやめても、文句を言うものはいない。汗ひとつ流れない肌って美しいと思わない？」

せつらは無言であった。

善美の妄想に近い思いが、茫洋《ぼうよう》とした顔の下にあるはずの精神《こころ》に何を響かせたかはわからない。

善美が肩を落とし、息をついたのは、それを理解したせいかもしれない。

この世にも美しい若者には、いかなる人間の思いも無縁なのだ、と。

人間を人形に変えたかった人形師が、今それを覆《くつがえ》さんとする若者を救おうとしている。何故かと問う者はいまい。

「それだけ？」

とせつらは訊いた。

善美はうなずいた。それしかできなかったろう。


翌日、〈新・伊勢丹〉では、男女を問わず、仕事も手につかないスタッフが続出した。

貴金属売り場で尋《たず》ねると、寺角如子はすぐに出て来た。平凡な顔立ちの娘だ。人形づくりを極めた男が選ぶ相手とは、こんなタイプかもしれない。

例のごとく濡れた眼でせつらを見つめながら、

「あの——早くしてくれませんか？」

と言った。

「どして？」

「あんまり話してると、戻ってからみんなに意地悪をされるんです」

「それはどーも」

と答えてから、

「——内外暁鬼氏の行き先を」

「私は——何も」

「でも、愛人だとか」

とんでもない言い草だが、如子は怒りもしなかった。

「——だからって、何もかも知っているとは限らないわ」

「でも、ご存じでしょう？」

せつらは静かに見つめた。魔法が作動しようとしていた。

第七章　コンビ

1

如子《なおこ》は、平均時間内にうなずいた。

「――わかりました。メモを書きます」

よろよろとデスクに近づき、メモパッドの一枚を破いて、ボールペンを走らせた。

「これに」

左手で差し出したメモに、せつらが眼を落とした瞬間――

「動くな！」

男の蛮声《ばんせい》が上がるや、銃声が轟《とどろ》いた。

如子が右肩を中心に一回転して倒れる。手には小さなハサミを握っていた。刺せば頸動脈《けいどうみゃく》に達するだろう。

「ぼんやりしてんな！」

エレベーターの方から走り寄って来たのは、リボルバーを手にした海馬であった。硝煙《しょうえん》が上がっている。

幾《いく》つか悲鳴が上がった。観光客のものだろう。店員と〈区民〉は、素早く床に伏せている。もう保安係と〈警察〉に連絡が行っているはずだ。一〇秒以内にドローンが飛来する。催眠弾と超小型ミサイルは標準装備だ。

ぼんやりと海馬へ眼をやるせつらへ、

「その女、お前を――」

「わかってる」

ふり返るせつらの右方で、如子が立ち上がった。服の肩には小さな射入孔《しゃにゅうこう》の焼け焦《こ》げがついているが、表情は痛みなど感じていない。血など一滴も、だ。

「銃を捨てろ」

空中から機械の声が命じた。

全長三〇センチほどの警備用ドローンが浮かんでいた。一〇連装ミサイル・ボードが二基、海馬を向いている。

「おれじゃねえ。そっちだ」

海馬が指さす先で、如子がせつらに走り寄って、床を蹴《け》った。商品カウンターの真上で、またも右の肩に吸い込まれたミサイルの射線が、小さな爆発を起こした。ちぎれた炎の腕と如子の身体《からだ》は別の方向へ流れた。

せつらの顔前に落ちて来た火を噴《ふ》く身体が、ぎく、しゃくと立ち上がった。

「ファイトあるなあ」

せつらがすうと浮き上がると同時に、如子の胸部に炎の花が咲いた。

「あれれ」

せつらの声に、海馬はふり返った。いつの間にか彼の背後に着地していたのだ。

「今度はやったな」

海馬の声に、

「いいや」

せつらの瞳の中に、再び起き上がる如子が映っていた。上半身は炎に包まれ、右腕はつけ根からとんでいる。〈新宿〉らしい姿といえばいえた。

如子は数メートル歩いた。床からハサミを摑《つか》んだままの右腕を拾い上げた。

力尽きたか、前方へ倒れながら、如子は燃える右腕をせつら目がけて投げた。

凄《すさ》まじい勢いで飛翔《ひしょう》するそれは、銃声の一発で弾《はじ》きとばされ、宝石ケースの真上で新たなミサイルの炎に包まれた。

「何しに来た？」

リボルバー片手に立ち尽くす海馬へ、せつらはのんびり訊《き》いた。生命の恩人への言葉とは言えまい。

「それが礼か、え？」

海馬のクレームは当然であった。

「どーも」

「何の何の」

溜息《ためいき》をつきながら、海馬はリボルバーを収め、エレベーターの方へ歩き出した。せつらも続く。あと

一メートルというところで、

「止まれ」

とドローンが命じ、ついでにドアも開くや、小口径連射銃を構えた保安係の塊《かたまり》がとび出し、一〇人に分裂した。

「動くな！」

と先頭の隊長が歯を剝《む》き、せつらをひと目見て、そっぽを向いた。

「あんたか――またやったな」

「知り合いかよ？」

海馬が残りの眼を丸くした。

「前にも何回か店内で事件を起こしている。全部、シロだったがね――どうだ？」

かたわらで、スマホを見ていた隊員が、

「襲いかかったのは、燃えている女店員のほうです。そちらは、救助の発砲。問題はありません」

店内の監視カメラからダウンロードした映像を精査したのである。

隊長も自らのスマホを覗《のぞ》いて確認し、うなずいた。

そこへスマホの隊員が、

「――でも、この女店員おかしいぞ。隊長――これは人形ですよ」

隊長は無言でせつらを見つめてから、

「では、下で事情を聞かせてもらおうか」

「ごめん」

とせつらが言うなり、全員の動きが止まった。

開いたままのドアへ二人がとび込んだとき、店内には消火ドローンが霧状の消火剤を撒布《さんぷ》し、警備用ドローンが、こちらへ向かって来たが、発射したミサイルと、止まれの声は、閉じたドアにぶつかっただけだった。

せつらは一階へ行かなかった。

すぐ下の階で降り、エレベーターだけ下降させて、海馬ともども窓からとび出したのである。一階

には警備員が待っていると判断したものか。見事ワンジャンプで、〈三丁目〉の一角へ舞い下りると、

「じゃ」

と海馬へ背を向けた。

「待てこら」

前へ廻《まわ》って、

「おれの一発に借りがあるよなあ」

と海馬は脅《おど》しつけた。

「はて」

「とぼけるな、このヤロー。それを返すまで離さねえぞ」

せつらもあきらめたのか、

「はいはい」

とうなずいた。

「で、どうすればいい？」

「とりあえず、車だ。いま呼ぶ」

「それで何処《どこ》？」

「内外暁鬼を追っかけてるんだろ？」

「それはまあ」

「なら、任《まか》せとけ」

彼は左耳のカバーからのびた小型マイクで、NMタクシーを呼んだ。

二分足らずで、二人の前へ現われたのは、ずんぐりしたビークル・タイプの無人車《ノーマンズ》であった。何処かにあるスピーカーが、

「お名前を」

「海馬だ」

ドアがスライドして、二人は乗り込んだ。

「ご乗車ありがとうございます。どちらへお連れいたしましょう？」

「〈西武《せいぶ》新宿線〉の〈下落合駅〉まで頼むぜ」

「承知いたしました」

「〈下落合〉に誰が？」

「とぼけんな。〝耳搔《か》き屋〟さ」

「ははあん」

せつらは手を叩《たた》いた。叩いたが、いかにもわざと

らしい。

車が走り出すとすぐ、前方にドローンらしい物が落下して、火を噴いた。

「空中戦か」

と窓の外を透《す》かすせつらへ、

「ああ。前からだが、ここ一日二日、ヤケに多くなってな」

「米軍の?」

「フランスやロシアのも入ってる。内外暁鬼を追っかけてんだろ」

「よくご存じで」

「これでも〈新宿〉の探偵様よ。〈区〉も排除に懸命だぜ。おや、あの辺でも」

「こっちでも」

せつらの声に合わせたみたいに、また一台が落っこちて、路上に炎の花びらを広げはじめた。

「急いで頼むぜ」

海馬の声に、車は、はいと応じた。


〝耳掻き屋〟とは、〈新宿〉中の盗聴をまとめて請け負うグループのことである。〈新宿〉には、〈魔界都市〉ならではの妖物《ようぶつ》や魔道士たちの能力を求める各国の出先機関が存在し、直接、本国からの指示を受けて暗躍している。直接といっても、〈亀裂〉があらゆる通信を妨《さまた》げるため、指示は外部の仲間が受け取り、〈ゲート〉を渡るなり連絡する手筈《てはず》だが、その全ては、〝耳掻き屋〟が盗聴し、反対陣営に売りつけるのである。

出先機関もその存在は知っているから、〝耳掻き屋〟のアジトは次々に変わり、これから向かう〈下落合〉のものも、落ち着いて二日にしかならない。恐らく明日には移動するだろう。

駅近くのマンション前でタクシーを降りると、せつらはすぐ、

「危《やば》い」

と言った。

「――殺《や》られたか？」

うなずいた。

「畜生《ちくしよう》め――どこの国の手先だ」

海馬はこう呻《うめ》いてから、

「とにかく行ってみよう。生き残りは？」

「いる」

喜色《きしよく》を甦《よみがえ》らせて、マンションの玄関へ向かった。

六階の一室には鍵がかかっていなかった。

「仕掛けは？」

「多分――ない」

せつらにしても、先に送った妖糸《ようし》がすべてを探《さぐ》り出すわけではないのは承知している。

内ポケットから錦の守り袋を取り出して拝み、海馬はポケットに戻した。

室内の死者が死霊《しりよう》やゾンビ化して襲いかかって来るのは、日常茶飯事《にちじようさはんじ》だ。お守りの構成する結界に自分を包むのが第一だ。

最初のダイニング・キッチンには誰もいなかったが、奥の六畳間二つには、盗聴装置と死体が溢《あふ》れていた。ほとんどは床の上に倒れている。床は血の海だ。作業中に襲われたらしく、機械はなおも作動中である。襲撃者は人間のみを狙《ねら》ったのだ。

海馬はペンシル・ライト型の生体反応装置を死体に当てがい、

「こいつは頸骨破砕《けいこつはさい》、こっちは心臓の摑み取り、こいつは頭部陥没、こっちは――」

その間に、せつらは奥の部屋の窓際に倒れた若い女の上に屈《かが》み込んで、仰向《あおむ》けにしていた。

「大丈夫――助かる」

このひとことで、苦痛の表情が消え失《う》せ、閉じられていた眼がぱっちりなのだから、大したものだ。

せつらを見上げた青白い顔に、みるみる紅が差す。

「医者を呼んだ」

とうなずいてから、海馬の方を見る。あわてて、スマホのアイコンを叩いた。

「じきに〈救命車〉が来る」

「大丈夫です……あなたが……いてくれれば……」

瀕死《ひんし》の娘に、かすれ声ながら、こう言わせるのだから、せつらは魔法使いに近い。メフィストが見たら憮然《ぶぜん》とするだろう。死に到《いた》る場所は熱い思いがたぎる一隅《いちぐう》と化した。

「何があった？」

とせつらが訊いた。

「あと三分で来るそうだ」

これは海馬である。

「ここでデータをPC《パソコン》に落としていたら……急に男の人たちが入って来て……みんな……あっという間に」

女の声は細い。

「どんな連中？」

「みんな……普通の……服装……でも……顔は……」

「顔は？」

せつらの反対側から娘を覗き込んだ海馬が訊いた。じきに〈救命車〉が来る。肝心《かんじん》なことだけ聞いて、〈救命隊員〉が駆けつける前に、引き上げなくてはならない。

「みんな……同じだっ……た」

「知り合いは？」

「いえ……誰も」

「お名前は？」

「え？　私の……？」

「はい」

血の気の薄れていない顔に、喜色が満ちた。

「真藤《しんどう》……稟子《りんこ》……」

「助かりました」

「……行ってしまう……のですか？」

女——稟子は右手を差しのべた。

せつらは柔らかく握りしめた。

稟子は眼を閉じた。呼吸が止まった。忘れていた死が訪れたのである。

「あれだけしゃべれたのが奇蹟《きせき》だぜ」

海馬が立ち上がった。

稟子の手を胸の上に乗せて、せつらも立ち上がり、窓の方を見た。廊下へ残しておいた〝探り糸〟が、〈救命隊員〉の足音を伝えて来たのである。

〈隊員〉たちが駆け込んで来たとき、開かれた窓のそばには誰もいなかった。

「データはどうした？」

とせつらが訊いたのは、マンションから二〇〇メートルも離れた線路の上に降り立ってすぐである。

「え？」

驚く海馬へ、

「コンピュータは残らず破壊されていたが、これまでのデータはボタンひとつで、空中に散布された。お前はそれをインフォ・スティックに回収したはずだ」

「よくご存じで」

海馬は上衣《うわぎ》のポケットから三センチに一センチほどのスティックを取り出した。

「しかし、これはおれが見つけたもんだ。やらんぞ」

「諜報《ちょうほう》員やドローン、生物調査団のデータはみんなそこに入っている。だから、彼らは襲われた――ここは山分けだろう。タクシー代は僕が出した」

「おまえなあ」

セコいことを言うなのひとことを、海馬は呑《の》み込んだ。この色男を相手にしたら、こうなるのはわかりきっていた。

「わかったよ。いま表示する」

言うなり、彼はそれを右のこめかみに押しつけた。

滑《なめ》らかに押し込んでいくと、カチリという音がして止まった。

「よく見てろ」

眉間《みけん》に一点が生じるや、前方一メートルのところに、細かい文字が浮かび上がった。この探偵は、サイボーグ手術を受けていたのである。

「便利な探偵さん」

せつらは彼と並んで空中のデータに眼をやった。

「これじゃない」

数秒後に言った。文字はそれから一〇回変わった。

「——これだ」

「よし」

海馬も光を止め、スティックを抜いて、

「〈大京町《だいきょうちょう》〉二の三の——危《やべ》え」

はっきりと言った。

「〈幻想横丁〉だぞ」

2

〈新宿〉の〈危険地帯〉には、その前に必ず危険度を示す立て看板が備《そな》わっている。その九九パーセントは、かなりの面積を有するが、例外として、入った者が決して戻って来ない〈富久町《とみひさちょう》〉の一軒家、下りるのは平気だが、昇る途中で死者が続出する〈四谷本塩町《ほんしおちょう》〉の坂道等が挙《あ》げられる。

〈幻想横丁〉もそのひとつであった。

あと五、六メートルというところで、二人は足を止めた。

〈新宿〉どころかこの国でも珍しくなった板塀の間に、男の子が三人立って、笑い声を上げている。

「無事戻って来るかな、あいつ?」

「多分、駄目だろ。あんなのいなくなったほうが、親も喜ぶさ」

「そうそう。母親ひとりになったほうが、生活も楽になるさ」

笑い合う三人の、リーダー格らしいひとりが、いててと叫びながら宙に浮いた。

その右耳をつまんで持ち上げ、海馬は、

「こら、てめえら、友達をこの奥へ行かせたのか、虐《いじ》めだな」

空中で少年は両足をバタつかせた。

「虐めなんかしてねーよ。あいつが、行きたいって言ったんだ」

悲鳴が唇を割った。海馬は、右耳をひん曲げたのだ。

「こんなとこへ行きたいって餓鬼《がき》が何処にいる。母ひとり子ひとりの子供を、こんなところへ行かせたのか？」

「下ろせよ。僕のパパは〈区長〉の親戚だぞ」

「だからどうした、莫迦《ばか》野郎」

海馬は少年の顎《あご》を摑むや、板塀に叩きつけた。

地べたに落ちてから、少年は怯《おび》えきった眼で海馬を見上げた。他の二人はすくみ上がっている。

「何しに行かせた？」

「出口にも立ち入り禁止のテープが貼ってある。それを破いて持って来るんだって」

「その子に何をしてやるんだ？」

「母親の年金を上げてやるんだ」

「何が上げてやるだ。てめえにできるわけがねえだろ。糞《くそ》餓鬼」

がっと少年の顔が鳴った。悲鳴が重なった。

伏せた鼻を覆《おお》う少年の手の下から、鮮血が流れはじめた。

「〈区役所〉にいる、てめえの親戚も、このあとぶちのめしてから馘《くび》にしてくれる。ふざけた真似《まね》しやがって」

「いない」

せつらである。こちらを向いて、少年たちは——血まみれのリーダーまでが、恍惚《こうこつ》となった。

「いない？」

海馬の問いに、

「幻想の何処かへ入った」

とせつらは答えた。

「畜生——捜《さが》さにゃならねえ。よけいな仕事が増えちまったぜ」

「任せた」

「え？」

「用があるのは、暁鬼だけ。他は任せる」

「おめー、血も涙も――」

ねえな、と言いかけて、海馬は諦《あきら》めた。せつらの性格はよく呑み込んでいた。

「わかったよ。餓鬼はおれに任しとけ。けどな、これで取り分は、おりゃ二割増しだ。いいな？」

「べえ」

海馬は溜息をついて、〈横丁〉を覗き込んだ。長さは約二〇メートル。出口まで何もない。

ひょい、と血まみれの少年が宙に浮いた。

「おい、どーすんだ？」

「連れて行く」

少年が眼を剝き、海馬も、

「何言ってるんだ？　気は確かかよ？」

と喚《わめ》いた。


「子供でも責任は取らないとね」

この言葉の恐ろしさと、それとは裏腹なせつらの口調と表情に、少年たちの精神は異常を来《きた》しはじめていた。

「行かないのなら、お先に」

せつらは歩き出した。リーダーはその先だ。鼻の痛みと恐怖のせいで、すすり泣きしはじめた。美しい若者が、本気だと気がついたのだ。

状況からすれば、正義の見せしめだが、せつらにそんな気があるかどうかは不明だ。後ろに続く二人も、そのために連れて来たとは思えない。

先に送った妖糸は自然に出口へと抜けている。しかし、虐めの犠牲者は消えてしまったのだ。

「怖いよお」

リーダーの少年が激しい嗚咽《おえつ》を放ちはじめた。他の二人は先にヒイヒイやっている。

ある考えが、海馬の背に冷たいものを走らせた。すぐ口を衝《つ》いた。

「おい、おまえまさか――生け――」

　あわてて次の二音を呑み込んだ。それでもリーダーには分かった。

「やだあ、助けてよ、パパあ。こいつを殺しちゃってよお。助けてよ、ママあ。僕、消えるのは嫌だよお」

　二人も続いた。だが、その身体は意志に反して着実に前進していく。

　道は右へ折れている。

　ここへ入った途端の消失が最も多いと、三度の調査団レポートは口を揃《そろ》えている。

「やだあやだあやだあ」

　空中のリーダーが先に曲がった。やだあ、がぎゃあに変わった。

　何も起こらない。

　前方の一〇メートルは板塀に囲まれている。

「泣くな」

　せつらは茫洋《ぼうよう》と伝えた。

「おまえが行かせた子も行きたくなかっただろ」

　泣き声が絶えた。

　リーダーは消えていた。

「おい！」

　海馬が激しく声をかけた。

「この二人は帰してやれ！」

「まだ」

　返事は霞《かすみ》がかかったようだ。

「やめろ」

　銃声が上がった。

　せつらの右頬《ほお》を弾丸がかすめた。

「行けえ」

　ふざけているとしか思えない声が、もうひとりの少年を前方へ走らせた。

　三メートルでその身体が消えた。

　同時に左手の板塀の方から、人のものでも獣のものでもない苦鳴《くめい》が上がったのである。

　どっと地に落ちたのは、二人目の少年であった。

その襟《えり》を青白い腕が摑んでいる。真っ赤に染められた剛毛だらけのそれは、手鉤《てかぎ》のような爪もろとも昔話の鬼を連想させた。

血は出ない。

それきりだ。

少年が宙をとんで戻った。せつらの頭上を越えて海馬の前に下りる。

「見てやれ」

美しい声がそう言うなり、三人目が前へ出た。

「よさねえと、本当に射《う》つぞ!」

海馬の怒号《どごう》をせつらは無視した。

泣き叫ぶ少年が、また消えた。

同時にせつらの右手が、かすかに動いた。

前方——六、七メートルのところに、黒い門が出現した。

こちら向きに鉄鋲《てつびょう》がびっしりと打ち込んである。

「出ました」

せつらが走った。

観音《かんのん》開きの門が開いたのは、この時だ。

出て来たのは鬼であった。真っ赤な身体は剛毛に覆われ、頭からは二本の角《つの》、口からは牙——定番だ。

「何だ、こいつら⁉」

「射ってみ」

走るせつらにとびかかる先頭の二匹の眉間に射入孔が開いたが、動きはそのままだ。血も出ない。

その腕の中にせつらが入る——瞬間、鬼たちの手足は首も腕も胴も脚も、ばらばらにとび散ってしまったのだ。

全部がそうなった。残骸《ざんがい》だらけの門の前から、せつらは内部にとび込んだ。

海馬も後を追う。

そこは、呆《あき》れるくらい優雅な和風の上がり口であった。先には青畳の匂いも清々《すがすが》しい大座敷が広がっている。

「な、何だ、これは⁉」

「鬼の家だ。奴《やつ》ら――多分、京から引っ張り込まれた。〈魔震《デビル・クエイク》〉にね」

二人は土足で上がり込んだ。

座敷は右へと続いている。

ひときわ広い座敷へ出た。

せつらが足を止めた。

左右の襖《ふすま》が開いた。

鬼たちが立っていた。

「やれやれ」

せつらがつぶやいた。

鬼たちが入って来た。赤眼《せきがん》には殺意が燃えている。

声がかかった。

「戻れ」

それは前方の閉じられた襖から聞こえた。

鬼たちは姿勢を崩さず、出て来た襖の奥へと消えた。襖が閉じた。

同時に、前方の襖が開いた。

奥の段の上で若者がひとり、脇息《きょうそく》にもたれていた。

白面《はくめん》の貴公子とはこれだ。せつらを見慣れていた海馬でなければ、脳まで痺《しび》れさせていただろう。蠟《ろう》のように透《す》きとおった顔の中で、唇だけが朱のように赤い。

――よく参られた
と言った――のではない。二人の頭の中に直接届いた言葉――ではなく思考だ。

「テレパシーかよ」

海馬がリボルバーの狙いを、美貌《びぼう》の真ん中につけたまま、つぶやいた。

――以心伝心《いしんでんしん》ですな
「ここに、内外暁鬼という人形づくりがいるはずです」

せつらが言った。

――これはお美しいお方じゃ。洛西《らくせい》の奥の我が屋敷にも、これほどの若人《わこうど》はおらなんだ。そうとも、

内外某《なにがし》は、確かにこの屋敷におる

「やた」

――だが、今は留守にしておる。戻って来るのは夜ですな

「待たせてください」

――ご随意《ずいい》に

「どーも」

せつらはもう、いつもの調子に戻っている。

「訊きたいことがあるんですが」

と海馬が話しかけた。

――何なりと

「いま、ここで四人の子供が消えてしまいました。心当たりは？」

――その四人は米蔵《こめぐら》に眠っております。前の人々も一緒です

「帰してやってください」

――それはなりません。無断で我らが地所へ入り込んだ以上、餌《えさ》になる運命です

「おい!?」

と前へ出かける海馬を、片手で押さえて、

「内外暁鬼は、あなたにとって許せない相手では？」

とせつらは訊いた。

――どうしてお分かりに？

と青い美貌が訊いた。

「外で会ったあなたの部下は、いつの間にか紙人形に化けていた。恐らく他の連中も」

――やはりそうでしたか。昨日からそんな気がしておりました

「どうして、暁鬼を？」

――彼も無断で土地へ入って来ました。早速《さっそく》、部下を向かわせましたが、彼は無傷のまま、この屋敷に置いてくれと頭を下げたのです。断わると、彼は私の眼の前で、部下たちをバラバラにして見せました。そして、『あなたもこうできる』と言いました。従う他はありません

「こんなに早く？」

「危《やば》いぜ」

と海馬が呻いた。

「野郎の人形製作術は、ぐんぐんスピードを上げている。そのうち、触《ふ》れたものはみんな、となりかねねえ。早いうちに始末しちまおうや」

――そうしてくだされ
朱唇《しゅしん》がささやいたように見えた。

――一刻も早く
「彼の部屋は？」

とせつらが訊いた。

――左の廊下を真っすぐ、どこまでも行きなされ。着けばわかります
「どーも」

せつらは一礼して廊下へ出た。

光沢《こうたく》を放つほど磨かれた板の上を進んで行く。柱と柱をつなぐ色とりどりの布がゆれている。廊下を行く美しい人影のことをささやき合うかのように。

やがて、

「長《なげ》えな、おい」

愚痴《ぐち》る海馬の前で、せつらは足を止めた。

眼の前の白壁に頑丈《がんじょう》そうな木の扉が嵌《は》め込まれていた。

「いいねえって言ったよな」

「関係者の言葉を信じる？」

「いいや」

海馬はリボルバーの弾倉《シリンダー》を左へスイングさせて、空薬莢《からやっきょう》を抜き取り、新しい弾丸を装塡《そうてん》した。弾頭《だんとう》に破魔《はま》の印《いん》を刻《きざ》んだ三五七マグナム弾であった。

3

扉は引き戸で、せつらの糸の先が触れただけで、滑らかに右へと滑《すべ》った。

「どうだ？」

海馬がせつらの肩越しに訊いた。

「人形の手足が落ちてる。それだけ」

「え？」

せつらを先に、二人は室内へ入った。靴のままである。

二〇畳もある板の間には窓もなく、白壁の前に、人間の残骸としか見えない頭部や胴体、手足が放り出してあった。

「大物になると、厚紙で人形をこしらえちまうのか。へえ」

腕を一本拾い上げて、しげしげと眺める海馬へ、

「触《さわ》ってると、おたくの腕に化ける」

「うわ」

放り出して、上衣で手を拭いて、

「おかしなこと言うなよ」

「鬼さえ人形に変えた。そのバラバラ君たちも」

「不吉なことばかりぬかしやがって」

海馬は座敷の真ん中に胡座《あぐら》をかいた。

風の音ひとつない時間が過ぎていった。

二人は沈黙を通した。内外暁鬼の探知能力を警戒しての処置である。

三時間が経過したとき、せつらが、扉の方を向いた。

——キタカ？

海馬が口だけ動かした。

せつらはうなずいた。

部屋の外——五〇メートルほど先の座敷から近づいて来る。

糸の反応は——暁鬼だ。

もう三〇メートル——二〇メートル——早い。

ドイツの娘の回想をせつらは思い出した。

扉が轟音《ごうおん》とともに、倒れ込んで来た。

「ん？」

せつらは柳眉《りゅうび》を寄せ、海馬は、なんだと叫んだ。

さっきの若者だった。

左の腋《わき》に薙刀《なぎなた》をたばさんでいる。

びゅっと二人の鼻を刃がかすめた。冷風がぶつか

る。

「名は童子《どうじ》」

冷え冷えと名乗るなり、凄まじい速さに無音を加えてせつらに迫る。

海馬のリボルバーが鳴った。

海馬が見たものは、弾丸のコースに縦に置かれた切尖《きっさき》であった。弾痕は童子の左右の壁に穿《うが》たれている。彼は秒速四〇〇メートルの弾頭を二つに切ってしまったのだ。

二発目を射つ前に、せつらは空中に浮かび、その下方を薙《な》いだ刃は、垂直に伸びた。

せつらの胴を貫《つらぬ》く寸前、薙刀は柄半ばから切断され、床に突き刺さった。

「お見事」

童子は白拍子《しらびょうし》のごとく舞った。せつらの真下で停止したとき、両手には懐剣《かいけん》が握られ、せつらは、へえ、と唸《うな》った。絡《から》めとろうとした妖糸は、ことごとく切断されていたのである。

「お互い手が詰まったな」

野太い声が、童子の後方――戸口の方から聞こえた。

作務衣《さむえ》の上から薄茶のインバネスをまとった暁鬼が立っていた。

彼は作務衣の腰に巻いた縄から、大ぶりの鉈《なた》を抜くや、せつらを見上げる童子に近づき、その右腕を摑んで持ち上げた。

海馬が、うおと叫んだ。

童子の腕は肘《ひじ》から切り落とされていた。暁鬼はそれを海馬に投げつけた。彼を見もしない一閃《いっせん》だったが、海馬は拳銃を叩きつけた。

腕は間一髪《かんいっぱつ》で躱《かわ》すや、海馬の喉《のど》に喰いついた。みるみる紫色になる顔の向こうから、赤い影たちが押し寄せて来た。

頭上に突き出た二本の角《つの》と牙を見るまでもなく鬼だ。

一瞬、数個の首がとび、鬼たちは正確に自分の分を摑んで切り口に乗せた。

「切られても死なぬよ」

と暁鬼は言った。

「わしのこしらえた人形はみなこうなる。もとは人間、或《ある》いは鬼——内外暁鬼の恐ろしさが分かったか？」

重い音が上がった。海馬が倒れたのである。

「やれやれ」

せつらは空中で肩をすくめた。逃亡は簡単である。妖糸で天井を切り抜けばいい。だが、この屋敷から、どうやって横丁に戻る？

「首を落とせ、童子」

暁鬼の声に、童子が床を蹴った。地上三メートル——難なく対峙《たいじ》した隻腕《せきわん》の若者は、左手の懐剣をふりかぶった。

重い刃は、しかし、せつらの眉間寸前で停止した。

童子は突きつけられたものの前に両手をかざし、顔を背《そむ》けた。

全長一〇センチほどのせつらから。

その放つ破魔の力に飛翔《ひしょう》の技も破れたか、どっと背中から落ちた美しい若者の前に、もっと美しい若者は音もなく着地し、襲わんと身構えた鬼たちに、善美の護符を突きつけた。復活していたのだ。

咳《せき》込みながら、海馬が走り寄って来た。童子の腕は、彼が敗北した瞬間に離れている。

無事かとも訊かず、せつらは小さな自分を突き出し、鬼たちの方へ進んだ。次々に横へのいて行く。

「善美の護符だな」

ついに孤立した暁鬼が呻いた。

「いつの間にか、人形づくりの隙《すき》に、おかしなものをこさえよって。だが、師に歯向かう弟子の術はこうだ！」

彼は右手で、せつらの人形を鷲《わし》摑みにした。炎が人形を覆った。同時に暁鬼の首は落ちていた。

「野郎！」

怒号と三五七マグナムの轟きが、その首を射ち砕《くだ》いた。

「やったぜ、行こう！」

暁鬼の首が落ちて復活したらしい。興奮の相棒へ、せつらは軽く首を横にふった。

「まーだだよ」

「え？」

海馬は眼を剝いた。首無し暁鬼の上体が前傾してばらばらの首を搔き集めたのだ。決して完全とはいえないそれをすくい上げて、暁鬼は胴の上に置いた。

左眼を失い、左半分の歯を剝き出した顔の中で、残った右眼が妖光を放った。

「かかれ！」

凶気の叫びに、鬼たちが背後から襲いかかる。

――下がれ！

美しく鋭い下知《げじ》が凶鬼たちを停止させた。

――早く行きなされ
と童子が言った。

――じきにこの館《やかた》は滅《ほろ》びます。この街の持つ力に縛《しば》られて参ったが、我らの居場所ではなかった。我らはまた戻りましょう。京の果て、大江《おおえ》の山へ
「でも、その身体じゃ」

とせつらが眉を寄せた。

――もとより不死身の我ら、生身《なまみ》でも人形《ひとがた》でも同じこと。いつか時を越えてまた会えるやも知れません。お元気で
「そちらも」

せつらが応じたとき、

「暁鬼が逃げたぞ！」

海馬が戸口へ一発射ち込んだ。

「それでは」

せつらが片手を上げて、走り出した。

無人の座敷と廊下を二人は走った。

気がつくと、横丁にいた。闇の中である。月と星は出ていた。

かたわらに、少年が立っている。あの三人組ではない。虐めの犠牲者だ。

「おい、無事か？」

と海馬が肩を摑んでゆすり、少年は霞のかかった眼でうなずいた。

「オッケーだ。しかし、どうしてこいつだけが？」

「意外とモラリストの鬼」

とせつらは答え、周囲を見廻した。

「暁鬼の爺《じじ》い、何処行きやがった？」

歯ぎしりの音が横丁に流れた。

「一から出直し」

せつらは出口の方へ歩き出した。

海馬は少年の手を取って追いかける。

「おい、この餓鬼はどうするんだ？」

「任せる」

「待てよ、おい」

喚く探偵の顔前で、せつらは宙へ浮いた。


真っすぐ家へ戻ったせつらを、意外な客が待っていた。

「ドイツ連邦情報局のバッハ大佐です」

流暢《りゅうちょう》な日本語の男は、顔も身体も岩のような、いかにもゲルマンの典型に見えた。六畳間から溢れ出しそうだ。

「ご用件は？」

尋ねるせつらへ、

「内外暁鬼をお捜しのようですな。我々はすでに居場所を摑んでいます。それをお教えするのと引き換えに、あなたの糸の技を、我が局のエリートにお教えいただきたい」

せつらは考えもせず、

「オッケ――あ？」

大佐は微笑した。

「話が早い方は、いつでも歓迎です。では、契約書にサインを願います」

「ドイツ語、わからない」

「日本語に訳してあります」

「あの、アメリカとフランスが」

「我がドイツ連邦情報局――ＢＮＤは、アメリカのＣＩＡやフランスのＤＧＳＥ――対外治安総局など歯牙《しが》にもかけぬ実力を備えています。何の心配もいりません」

　他の二国もそう言うだろう。

「危険すぎます。操れるようになるまで、死と破壊が引きも切らないでしょう」

　とせつらは指摘すべきであった。

「幾ら？」

　と訊いた。

　バッハ大佐は上体をゆすって笑った。

「これは単刀直入《たんとうちょくにゅう》でありがたい。軍事顧問料として前金で十億円、週に一千万円でいかが？」

「プラス――内外暁鬼の居場所」

「ほお」

「とぼけない、とぼけない。すでに〈新宿〉中にスパイ虫を放ってる」

「よくご存じですなあ。さすが〝ミスター〈新宿〉〟――残念ながら、暁鬼氏の居場所はまだ摑んでおりませんが、分かり次第連絡させていただきます」

「ダンケ・シェーン」

　大佐は満足げにうなずいた。

「では」

　と立ち上がりかけて、

「実は、私はあなたの妙技をまだ眼にしたことがありません。見せていただけませんか？」

　せつらは、茫洋と、

「いいけど、見た奴はみんな死んでるよ」

　と答えた。

　歴戦の勇士に違いない軍人の顔から、みるみる血の気が引いていった。

　ドクター・メフィストからの電話は、大佐が帰ってすぐであった。

番茶でもと立ち上がったところへ、

「すぐに〈機械人形博物館〉へ行ってもらいたい」

いつもの口調だが、そうではないと、せつらは見破った。

「どしたの？」

「私と瓜《うり》二つの人形があるそうだ。胸に刺さったナイフを抜いてもらいたい」

「病院関係者に行かせたら？」

「抜くルートが万分の一ミリずれたら危険だ」

「おまえの身が？」

「左様《さよう》」

いつもと少しも変わらない口調である。

「あーあ。わかった。明日でいいか？」

「すぐだ」

「わかったよー。けど、おまえは平気なのか？」

「何の変化もない」

この男ならそうだろうと、せつらは思った。

「じゃーねー」


嫌みったらしく引き伸ばして、せつらは携帯を切った。

〈——博物館〉は静まり返っていた。せつらの他は二人しかいない。若いカップルだ。

メフィストの前へ立った。

腰まである立札に、

「この人形を三秒以上見つめると、軽い精神異常を生じます。それ以上の見学をご希望の方は、濃いサングラスを着用になるか、眼をつむってご覧ください」


「ユーモアがある」

せつらはこう言って、メフィストの左胸を見つめた。

細いナイフが刺さっている。

背後で女の声がした。

「そのナイフですが」

傀儡《くぐつ》カオルであった。せつらが驚かないのは、撒《ま》いた妖糸が気配を伝えて来たからだ。

「いつ誰の手によるものか、分かっておりません。監視カメラにも映像はありません。第一発見者は私です。ただし、その前に一六名ほどの観覧者がおりましたが誰も気づいていなかったようです」

「なぜ、抜かなかった？」

「もうお分かりと思いますが、このナイフは実に美しく、理想的な角度で人形の心臓を貫いております。恐らく犯人は人ではありますまい。私たちが触れただけで、ドクターとのバランスが崩れる怖れがあります。そのとき起こることを考えたら――とても」

せつらはカオルをふり返って、

「抜いていい？」

カオルは微笑した。頰を染めながら、

「他に人はおりません」


せつらはナイフに眼を戻し、繊細な彫刻が入った黄金の柄を見つめた。

指が触れただけで、誰かが夢見ているこの世界は泡消《ほうしよう》してしまいそうだ。

眼醒《めざ》めた者は、どんな世界を作るのか。

感じるか、秋せつらよ。全世界一兆の潜在意識の、この怯えを。

彼はあっさりとナイフの柄に手をかけ、引き抜いた。無雑作としか言えぬ動きであった。

カオルが小さな悲鳴を上げた。

白いケープに、血の花が花弁《かべん》を広げていくではないか。

第八章　人形地獄

1

「ららら」

せつらはナイフへ眼をやった。

血はついていない。刃は冷え冷えと鋼《はがね》の硬さと清浄さを示している。

「ははあん」

せつらは眼を細めて、

「エクスカリバーか」

と言った。

石に刺さったまま、あらゆる名騎士も抜き取れなかったと言われる古代イングランドの伝説の魔剣だ。それを苦もなく引き抜いたのは、これも伝説の王——アーサーであった。彼の手に握られた剣《つるぎ》は、石の壁も鋼鉄の刃《やいば》も、人間の武器ではいかなる甲斐《かい》もない火竜の鱗《うろこ》も貫《つらぬ》き切断したという。

伝説はさらに語る。

王の死後、湖に投じられたエクスカリバーは、魔術師マーリンによって寸断され、二本の槍と三本の剣《つるぎ》、そして五本の短剣《ナイフ》に打ち直されたという。メフィストの人形を貫いた一振りは、その伝説の一本であったろう。

ならば、本人といえど。

せつらは首を傾《かし》げ、スマホを取り出した。

かかって来た。

「失敗したな」

メフィストであった。

「そっちは流血の惨事」

「そうだ。止血はしたが、この傷は特別だ。明日中に刺殺者を捜《さが》してもらいたい」

「オッケ。ついでに片づける？」

「料金はどうなるね？」

「特別サービス、三〇〇万」

「断わる」

「ケチ藪《やぶ》」

はっきりと告げて、せつらはカオルをふり返った。

「んじゃ」

「お気をつけて」

博物館を出たところで、せつらは首を捻《ひね》った。

メフィストの人形を届けに来た男と、姿なき刺殺者は同一人物なのか。

「あ」

もうひとり――せつらの似顔絵を描いて去った娘がいる。

無関係のはずがない。彼らを操《あやつ》っているのは誰か。

「ふーむ」

腕組みをしたとき、背後から声がかかった。

見覚えのある顔であった。

「『月神人形市場』の月神です」

記憶が閃《ひらめ》いた。何年か前に一度訪れたことがある。古い面に憑《つ》いた妖物《ようぶつ》に悩まされるアンティーク愛好家の行方《ゆくえ》を捜す過程であった。

月神は驚くべき内容を語った。

メフィストの人形を持ち込んだ人物に心当たりがあるというのである。

「うちに下宿している雲井って若いのだと思う。あの人形を抱《かか》えて出てった姿を見たことがあるんだ。つけ髯《ひげ》をつけてよ」

嘘《うそ》ではないと、せつらは判断した。

「ナイフを刺したのも？」

「いや、そりゃわからねえ」

「今どこに？」

「おれがここへ来るときは家にいたな」

「お邪魔します」

「お、おお」

「どちらへ？」

「まだ、ここで見てえものがあるんでな。店は閉まってるぜ」

「ごめんなさい」

こじ開ける気満々である。

月神は納得して、館内へ戻り、せつらは〈早稲田〉へと急いだ。

〝探《さぐ》り糸〟は、よく〈魔震《デビル・クエイク》〉に耐えたと思われる築五〇年以上の二階に寝ている若者の姿を伝えて来た。

そっと内部へ入り、二階へ上がって、

「ばあ」

と襖《ふすま》を開けた。

若者はせんべい布団の上からぼんやりとせつらを見て呆然《ぼうぜん》となった。次は恍惚《こうこつ》だった。

「あ、あんたは?」

「秋。雲井さん?」

若者はうなずいた。

「メフィストの人形について」

「あ」

と言ったきり、動かなくなった。それでも眼はせつらから離れない。

「あれをこしらえたのは誰?」

せつらは襖を閉めて、破れ畳の上に腰を下ろした。学生らしいが、机も本もない。人形づくりの道具とも無縁だ。

「メフィストの人形作ったら、ダウン」

若者――雲井はうなずいた。

「あれをこしらえたのは――ここじゃない。おれでもない。三鷹のアパートの鏡に映った奴《やつ》だ。それから、〈新宿〉へ行きたくなったんです」

「何をしに?」

「〈西新宿ゲート〉を渡ったところに、そいつは車で待っていました。乗っていたのは、作務衣《さむえ》を着た老人でした。そして、ある倉庫みたいなところで、人形の顔を彫らされたんです」

「メフィストの?」

「そうです。でも、信じられないくらいに早く――

半日で上がりました」

　せつらは宙を仰《あお》いだ。メフィストの顔を一日で、完璧に彫り上げた男がここにいた。

　そして、人形は心臓を貫かれ、本物は出血が止まらない。

「『月神人形市場』へ来た理由は？」

「そこにおれを〈新宿〉へやった原因があると感じたんです。でも消えていた」

「報酬は？」

「金銭的なものは何も。ただ、おまえの腕はこれで一生落ちないと言われました」

「泣き所を突く」

「はい」

「一緒に来て」

「え？」

「僕は三〇〇万を儲《もう》け損《そこ》なった。君はモデルと話し合うがいい」

「やですよ。〈新宿〉へ来るのは初めてですが、ドクター・メフィストの噂《うわさ》は聞いてます。あれは怪物だ」

「ただの藪だよ」

　雲井は必死でイヤイヤをした。

　その身体《からだ》がすうと立ち上がり、一階へ降りて通りへ出、せつらとタクシーへ乗り込むまで、イヤイヤは続いていた。


　雲井が保安係に引き渡されると、すぐにメフィストが現われ、

「よくやった」

と労《ねぎら》った。労われたほうは、ひとつ身を震わせ、

「特別料金を請求する」

と言った。〝特別〟の理由はない。

「顧問弁護士と話したまえ――では」

　白い背を見せたメフィストの姿に何を発見したか、

「待て」

とせつらは声をかけ、

「出血は止まっていない」

と言った。

「残念ながらな」

その途端、白いケープの胸も赤く染まった。

「断わっておくが、彼は私の顔を彫刻しただけだ。全身をこしらえた者は別にいる」

「つまり、血は止められない、と」

「止まらぬのだ」

「はいはい。では、加害者捜しに」

こう言って、せつらはよろめいた。

メフィストが近づいて、

「胸だな」

と言った。

「ああ。刺されたな」

「私の人形の居所は分かっている。だが——君のは何処《どこ》にある？」

「探す」

「仕事だからな。しっかりやれ」

「へーい」

ふり返ろうとしたせつらの右手をメフィストが摑《つか》んだ。

「むむ」

繊手《せんしゅ》は腕を昇って、肩。肩から左胸に移った。

「血こそ出ていないが、やられたな。何処かにある君は、血を流しているだろう」

「大きなお世話」

「当てがあるのかどうかは知らんが、気をつけて行きたまえ。健闘を祈る」

「おまえの真の敵もまだ捕まっちゃいない。同じ穴のムジナだぞ」

「るせ」

「依頼主を優先すべきだな」

せつらは〈病院〉を出た。

行き先はひとつだけあった。

せつらを見て、月神伸作は眼を丸くした。

「またか？　どうした？」

「さっき来たときに糸を――いや、彼の隣りの部屋も空いてましたね。女性ですか？」

「勘がいいな。互三枝子って学生だよ。昨日出て行った」

「ここへは？」

「人形づくりの勉強がしたいと言ってな。家の奥にある人形が見たいと言ったが、ひと足遅かった」

消えた人形の一件をせつらに話してから、

「結局、人形は戻っちゃ来なかった。それで諦めた――にしちゃ、諦めんのが早すぎる。時には〈区民〉よりおかしな〈区外〉人がいるな」

「いなくなったか。写真か何か――」

それは絶望的な問いであった。互三枝子がこの家の二階にいたのは、二日間に過ぎないのだ。

「一〇万円」

と来た。


「あるの？」

「盗み撮りだ。わしのことは極秘だぞ」

「それはもう」

せつらはその場で一〇万を支払った。カードである。その場で、カード・リーダーを通して月神は〇Kを出した。

その間にせつらはスマホの写真を眺め、

「あーあ」

と言った。意味不明の呻《うめ》きであった。

「居場所に心当たりは？」

「ねえ」

「うーむ」

唸《うな》ってせつらは店を出た。

実は心当たりがあった。

ここから〈メフィスト病院〉へ行く間に、雲井猛から訊《き》き出したものである。

「隣りの女が、おれと同類なのは、ひと目見て分かりました。取り憑かれてるなって。向こうもそうらしくて、会ったその日から寝てしまいました。そのとき、震えながら言うんです。自分はこれから命じられて、ある場所へ行かなくてはならない。それを思うとぞっとする、と」

「何処？」

　とせつら。

「場所はわかりません。ただ、〈新宿〉で一番危険なところだって」

　この時、せつらはピンと来た。

　月神の店を出て、近くの〝観光ルート用バス停〟へ向かった。通りには〈早稲田〉の学生らしいのがウロついている。

　観光客用のバス路線は、三〇系統ある。どのバスも必ず通る一点が、せつらの目的地であった。

　せつらが乗り込むと、たちまち車内の空気が恍惚に化けた。観光客たちが、次々に座席の背にもたれかかり、手すりや吊革《つりかわ》に摑まっている連中は、次々に床へ倒れていく。

　いつもの状況が起きた。

「お客さん、タクシー代出すから次で降りてくださいよ」

　と運転手が声をかけたのだ。

「はーい」

　せつらに異存はない。そのつもりで乗車したバスであった。月神に払った一〇万円が効いている。カードといえど、損失は精神面に打撃を与えるのだ。

　差し出された万札を受け取ろうとしたとき、

「受け取っちゃ駄目よ」

　と観光客らしい中年の女が叫んだ。

「ずっと、あたしと、乗っていて」

「あら、あたしとだって」

　後ろの席の若い女が挑戦的に喚《わめ》いた。

「こんな綺麗《きれい》な人は、このバスに乗ってる人たちの共有財産よ。気味の悪い名所を廻《まわ》るくらいなら、この人と一緒にいつまでも走ってるほうがいいわ。ねえ、運転手さん、お金は払うわ。そうしてよ」

「いや、ちょっとそれは――」

あわてる運ちゃんを尻目に、せつらはその手から万札を受け取り、次の停留所でさっさと降りてしまった。絶望の声が追って来た。

2

〈新宿中央公園〉――限りない妖所を誇る〈新宿〉で、誰ひとり異論を唱《とな》えぬ〈危険地帯《デンジャラス・ゾーン》〉ベスト1《ワン》。

せつらの顔をスケッチしに来た女は、その夜空へ消えた。

女は互三枝子であった。

〈新宿〉で一番危険なところへ行かなくてはならないと震えていた娘だ。

せつらは正面から入った。

高い壁を難なく越えて、ジャングルを思わせる木立ちの群れの中に着地する。

互三枝子が生存しているとは限らない。だが、〈新宿〉での彼女の役はまだ終わっていないような気が、せつらはした。

その身体が舞った。

〝探り糸〟が接近する多人数を伝えて来たのである。

人間だ。過去の調査団の生き残りではない。オーバーやコートを着た普通の市民であった。

五〇メートルを超す巨木の半《なか》ばから突き出た大枝に、葉の一枚も揺らさずに位置して、せつらは様々なことを考え、ある結論に達した。

――ここが本部か
死から甦《よみがえ》った人形づくりは、〈新宿〉の魔の中心地帯ともいうべき場所で、偽《いつわ》りの人間たちの王国を作り出そうとしているらしかった。

せつらは四方を見渡した。

陽《ひ》はまだ高い。〝探り糸〟は四方へ巡らせている。

奇怪な生物の宝庫である公園内には、どう見てもこの世界の物理法則に則《のっと》っていないものたちがうろついていた。

　長さ一〇メートルもある一〇本の脚を、関節ごとに前後に入れ違いつつ、あらぬ方向へと進む、「足長おじさん」。一見、海鼠《なまこ》としか思えぬ色彩《いろ》と形を、陽当たりのいい場所にさらしたまま身じろぎもせず、しかし、半径数メートルの生活圏内に侵入した、あらゆる生物を消滅させてしまう「ぶうすかクン」。

「足長おじさん」がよろめいた。一〇脚のうち一本が、「ぶうすかクン」の近くに下ろしかけた途端に消えてしまったのだ。

　崩れたバランスを取り戻す前に、「足長おじさん」はダイナミックに倒れた。何とか起き上がろうとする足の先――蜘蛛《くも》そっくりの頭部と胴体に赤黒葡萄《ぶどう》茶黄緑藍《あい》――数十条の色帯が巻きついた。いや、それぞれ数万匹の虫からなる食虫帯であった。声も上げず、「足長おじさん」が骨と化し、その骨も帯に絡《から》まれて消え失《う》せるまで、一分とかからなかった。

　天が翳《かげ》った。

　上空から舞い降りたのは、巨大な鳥であった。鴉《からす》に似た身体の中央部から青白い光を地上の色帯どもに放射する。網状のそれは彼らを押し包んでから、急速に体内へ吸い戻されてしまった。獲物を光る状態に変えてから、栄養素として「受信」するのであった。

　勿論《もちろん》、こんな世界を〈区外〉の生物学界が放っておくはずはない。小さな国家予算規模の調査採集費を払って、過去十数年に、百数十カ国、数千の研究団体が送り込まれてきたが、幾《いく》つかを除いて未帰還に終わり、その名残《なご》りは、ほら、巨木の根元や高い繁《しげ》みの中で、白骨と化している。

　地獄だ。

　その何処かに内外暁鬼の人形の家がある。

　せつらは〝探り糸〟に任《まか》せた。

　ぐらりと幹《みき》が揺れた。

根元に集まった人々が、公園の内側へ押しているのだ。

人力でどうなるとは思えない大木だけに、せつらも首を傾げた。

だが、傾きは止まらず、ついに幹は倒れた。

人々が大枝へと向かったとき、せつらは五〇メートルも離れた地上に舞い下りていた。

遠くから声がした。

性別年齢ともに不明。肉声というだけだ。

「おおい、こっちだよ。早くおいで」

迷い込んだ人間なら一も二もなくそちらへ向かってしまう内容だが、声自体には、怪しいと思う意志さえ溶かしてしまう、蠱惑《こわく》の響きがあった。小鳥の声もする。

そして、誘われた者は二度と戻って来ない。

〈新宿〉の人々は「パーク氏の声」と呼ぶ。

樹上にいるとき、せつらはすでに耳栓をつけていた。


彼方《かなた》の木に妖糸を巻きつけ、地上一メートルを音もなく飛翔する。

着地点に、蔓《つる》と苔《こけ》に覆《おお》われた石の建物がそびえていた。

〈エコギャラリー新宿〉だ。

最初は図書館として建てられ、やがて催し物の展示場と化したコンクリートの城は、今や妖物の棲家《すみか》として、足を踏み入れる人間はいない。

木洩《こも》れ陽《び》が表面に光の縞《しま》を作っている。

せつらは屋上へ飛んで、昇降口から下りた。鍵はかかっていないが、〝探り糸〟は地下室のドアで防がれていた。隙間がないのである。

鉄の扉の他に、結界が張られているのだろう。

階段は使わず、蜘蛛のように、ひとすじの妖糸を使って階段の横を垂直に下りて行く。

地下一階。

鉄のドアがあった。建物には何度も調査隊が入り、その後で悪魔系の教団やグループの、本部や集会場として使われている。錆《さ》びついた扉は、一〇年ほど前に、宗教団体が取りつけたものだ。内側では言語に絶する残虐《ざんぎゃく》な夜会《サバト》が行なわれていた。

鍵穴もドアの周りも鉛で塗りつぶしてあった。

不意に猛烈な痛みがせつらを捉えた。

意識が暗黒に呑《の》み込まれていく。見えない刃が心臓を貫いたのであった。


気がつくと、広い部屋にいた。

小さな部屋をぶち抜いたものだ。七〇坪はある。

手足は登山用のザイルでくくられていた。胸の痛みはない。

壁際におびただしい数の人形がもたれかかっていた。

「へえ」

洩らした溜息《ためいき》には、感嘆が含まれている。

見た顔ばかりだ。

梶原〈区長〉がいる。久毛雅木がいる。

瑠璃がいる。海馬涼太郎がいる。三人の武器商人がいる。雲井猛がいる。外谷良子がいる。獄門館空手の連中がいる。近所のレストランのマスターと女店員がいる。その他――知った顔、知らない顔を取り混ぜて、虚《うつ》ろな眼を虚空《こくう》に据《す》えている。

妖糸を操ろうと指を動かした途端に、心臓に凄《すさ》まじい痛みが走った。

「やめて」

と前方で人形の顔を整えている娘に申し込んだ。

互三枝子であった。

彼女はちらとこちらを見て、すぐ戻し、

「ごめんなさい」

と言った。

その前で椅子《いす》にかけているのは、黒いコート姿のせつらである。三枝子は今、粘土の顔に手を加えているのであった。

「そこの雲井クンは、今〈メフィスト病院〉にいる。死亡寸前だが、何とかなりそうだ。君もそうしたら？」

　とんでもない提案をせつらはぬけぬけとしてのけた。

「これを仕上げたら、きっとそうなります」

　三枝子の声は低く低く床を流れた。

「解《ほど》いてくれ」

　無駄なことはわかっている。三枝子の精神は支配されている。

　案《あん》の定《じょう》、

「そうはいかんな」

　いつからそこにいたのか、こちらに背を向けた大きなソファの向こうから、男の声がして、ひょいと立ち上がった影がある。

　こちらを向くまでもなく、内外暁鬼であった。

「じき、おまえの人形が完成する。そうすれば本体は消え、わしのこしらえた人形のおまえだけが残るのだ。顔さえ整えば、全てはわしの狙《ねら》いどおり完結する」

「狙いって？」

「〈魔界都市〉の人形化だ」

「ロクでもないことを」

「誰もがそう口を揃《そろ》えるだろう。だが、現にドクター・メフィストは我が掌中《しょうちゅう》に落ちた。おまえさえ加われば、決して夢ではない。そして、やがて我が人形たちは、〈ゲート〉を渡って〈区外〉へ――世界へと進軍していく」

「進軍。そりゃ危ない」

　とせつらはつぶやいた。

「最初に世界征服を企《くわだ》てた奴は誰か知らないけれど、みんなそいつの真似《まね》をする」

　暁鬼はのけぞって笑った。

「他の愚者《ぐしゃ》どもと一緒にするな」

　怒りと自負が声をふくらませた。

「あいつらが何を求めた？　世界征服？　口にするのは簡単だ。雄大だ。だが奴らの求めたものは、金だ、黄金だ。他人の土地だ。そこから生まれるささやかな富だ。わしはそんなものに興味はない。よく聞け。わしの求めるものは、人形による世界の成立だ」

「はあ」

　せつらの声は呆《あき》れるよりも、諦めが強かった。何とかを相手にしてられるか、というわけだ。

「成立と征服とどう違う？　字面《じづら》だけ」

「もう粘土の地《じ》に胡粉《ごふん》を塗って、いま顔を描いている最中だ。あの娘の技倆《うで》なら、あと一〇分――いや、その半分で済むだろう」

「なぜ自分でやらない？　えらそーに」

「わしの技をもってしても、おまえの顔の複製は無理だった。ところが、月神の親父《おやじ》の店に預けたおまえの身体を求めて、あいつと雲井とかいう学生が〈新宿〉へやって来た。あいつら自身も、〈新宿〉そのものともいえる二人の顔を正確精緻《せいち》に模写できる才能があるなどと、知りもしなかったろう」

「なぜ、僕の胴体《トルソ》を『月神人形市場』へ？」

「あそこは〈新宿〉の地下を流れる〈魔震《デビル・クエイク》〉のエネルギー・ラインの噴出ポイントなのだ。わしは君の胴体をこしらえたが、他のものと同じやり方をしても、合体させることはできなかった。あの地上なら可能性は高くなる。幸い、二日ほどでエネルギー充塡《じゅうてん》は可能となり、人形はわしの下へと戻ったのだ。だが、人形には地下のエネルギーとは別種のエネルギーが貯《たくわ》えられていた。それは、そこの娘ともうひとりの若者に内在する力だった。〈区外〉は関係ない。彼らは自身の知らぬ間に、人形に与えた自らのエネルギーを追って、〈新宿〉へわしの下へ来た。わしはメフィストの人形を男に任せ、おまえの分をその娘に託した。最後の結果はじきに出る。おそらくは吉と」

　せつらの顔は時折り苦痛に歪《ゆが》んだ。縛《いまし》めを解こうとするたびに、痛みが走るのだ。

「どうだ？」

　暁鬼が三枝子を向いた。

「あとひと息」

と、三枝子は暁鬼の方を向いて、答えた。

すぐに仕上げにかかる。

粘土の台はすでに、中身のスチロールを抜き、絵を描く下地ともいうべき胡粉を塗りつけてある。すでにそれも乾いて、いま彼女はせつらの表情を描いているのであった。

色彩はアクリル絵具であり、筆は和筆であった。

せつらの写真は何処にもない。出来上がったものは、どこか歪んでしまうのだ。罰《ばち》当たりめが、というふうに。

代わりに三枝子の絵《スケッチ》が胸のあたりに貼りつけられている。

今はモデルがいる。それも眼の前に。

三枝子はスケッチを見る。そのとき、視界には、横倒しのせつらの素顔が入ってくる。

三枝子は何度もそれを繰り返した。

「どうだ？」

暁鬼の声は怒りと——疑念に黒く塗られていた。


三枝子は筆を引いた。

「出来ました」

「おお！　——では、じきにこの男も人形になる。メフィストは試し刺しにしたが、どうせ治癒するのは計算のうちだ。奴もじき人形に変わる。そして、秋せつらも、だ。見ろ。両足が変わりつつあるぞ」

せつらもそれは感じていた。

感覚がない。その感じは全身に渡っているが、足が特にひどい。

暁鬼は大笑した。

それにまぎれるように、

「ごめんなさい」

と小さく聞こえたのである。

出来上がった顔は、まぎれもなくせつらそのものであった。三枝子はその首を摑むや、引き抜いてしまったのだ！

「何をする⁉」

暁鬼が鬼の形相《ぎようそう》で叫んだ。その瞬間、死の世界から戻った男の夢は霧消したのである。

「駄目よ、いけません。この人の偽物を作るなんて、許せない！」

ああああ。

暁鬼の声は悲鳴か苦鳴《くめい》か。彼は垂直に床へ落ちた。全身の力が失われてしまったのだ。

「だが……だが、まだ、世には、秋せつらの顔が描ける面づくりがいるかもしれん。わしは探し続ける」

「ノン」

世にも美しい声であった。暁鬼の顔が、縦に割れても恍惚たる翳を浮かべたままなのは、その声の響きゆえだったかもしれない。

鮮血を迸《ほとばし》らせる顔を、しかし、彼は両手で合わせた。

「まだ死ねん……我が子供たちよ……この二人を殺せ」

そして力尽きたか、顔は新たに二つに割れて、暁鬼はこと切れた。

同時におびただしい気配が立ち上がった。

二人の方に迫って来るのは、壁際の人形たちだった。

「よお、メフィスト」

せつらが床の上から挨拶《あいさつ》した。

3

「いいんですか、ドクターを？」

恍惚の死人のような声で尋ねる三枝子に、

「よくある」

とせつらは答えた。望む答えではない。面倒臭かったのである。

「でも、凄《すご》かったわ。近づいて来る人形をみんな。暁鬼さんも溶けちゃったし」

襲いかかる人形たちは、せつらの妖糸の前に、一秒足らずの間に全滅した。先に灰と化した暁鬼の妖力は、彼らの防禦《ぼうぎょ》力を失わせていたのである。同時にせつらの全身を縛めていた痛みも消えた。

　あとは屋上へ出て、壁を越えるだけであった。

　世界は夕暮れが近い。

　いま逃れて来た場所に比《くら》べると、〈魔界都市〉の路上が平和な別天地のように、三枝子には感じられた。

　流れて来たタクシーを捕まえ、三枝子に運賃を渡して、

「んじゃ」

　せつらは背を向けた。まだひとつ——やるべきことが残っていた。

　せつらが声をかけるより早く、

「いらっしゃい」

と丹後善美から来た。

「わかりました？」

「ここは私の家よ。いつ誰が来たかくらいはお見通し」

　善美は人形に向かっていた。残りは顔だけのようだ。

「ごもっとも」

「で——御用は？　と訊くまでもないわね」

「はい。まず、久毛雅木とつるんで内外暁鬼を生き返らせたのは何故《なぜ》です？」

「どうして私がやったと？」

「久毛雅木と組める相手は、あなたしかいません」

「ご名答」

　にこやかに応じながら、顔への加工はやめない。せつらにしてみれば、いまさっき出て来た〈中央公園〉の〈エコギャラリー新宿〉と同じ気分だったかもしれない。

「師匠を甦らせた上で、久毛が死ねば、内外流の後継者は、私ひとりになるからよ」

　せつらは何も言わなかった。この女の目的も暁鬼と変わらず、しかも、最初から相棒を殺害するつも

りだったのだ。それはもうせつらも知っている。しかし、無言から漂《ただよ》う寂寥《せきりょう》のようなものは？

「少しは私に肩入れしてくださすったようね。嬉しいわ」

善美もそれを理解したのかもしれない。

「僕に手を貸してくれたのは、甦らせた暁鬼を斃《たお》すためでした。あなたは最初から暁鬼などどうでもよかった。彼は、久毛雅木を処分するために必要だったのです。僕の役目は、邪魔な暁鬼を一刻も早く処分することでした。彼の目的が、人形による世界の成立にあったからですか？」

「仰《おっしゃ》るとおり。そんなことされたら、久毛を処分した意味がなくなってしまう。私が欲しかったのは、久毛が手に入れかかっていた各国の軍隊からの報酬よ。彼にできるなら私にもできます」

「ごもっとも。狙いは当たりました。暁鬼は僕が片づけ、あなたは只《ただ》ひとりの後継者となった。あなたの人形戦士たちは、どの国の軍隊でも採用してくれます」

「嬉しいわ」

「僕は——糸の技術を各国の軍に売りつけます」

「あらどうして？」

「それだけが、あなたの人形戦士を斃す唯一の方法だからです。あなたには、暁鬼のように、僕の糸を無効にすることはできない。人形戦士はバラバラにされて終わりです。どこの戦場でもね」

「意地悪ね。どうしてそんなことするの？」

「軍隊からは手をお引きなさい」

善美は眼を閉じ、手も止めた。すぐに開いて、

「それは私の勝手にさせて」

と言った。手は作業に戻す。

「ご覧のとおり、この人形もあなた自身。後は唇を描けば完成よ。一生そばに置いておくわ。本物のあなたと一緒にね」

せつらはちらとそれを見た。

「完成よ」

善美が筆を引いた。

せつらの顔があった。

「これであなたは――」

もうひとつのせつらは、その次を続けるつもりだったのかもしれない。

せつらの顔は、みるみる眼鼻が歪み、唇が垂れ下がった。ガラスの両眼が床に落ちた。

「残念」

とせつらは言った。茫洋《ぼうよう》と、心持ち哀《かな》しげに。

「待って」

善美がせつらの方へ身をよじり、それきり沈黙した。

その眼の前で、せつらは頭から二つに裂けた。

「では、よろしく」

せつらは片手を上げて、小さな敬礼を送った。

ドアを閉めると、空気が揺れ、ささやかに善美に触れた。

その首は、ゆっくりと傾き、膝《ひざ》の上に落ちた。


外は蒼《あお》い夜が訪れていた。

星が出ている。

通りには人影もなかった。

少し歩くと、横丁を曲がって来た男とすれ違った。サラリーマンふうの男だった。せつらの顔をしていた。

突き当たってバス停へと折れた。

ウエザー・ジャケット姿の若者が二人、せつらを追い抜いてから、ふり返った。どちらもせつらの顔であった。

向こうから自転車に乗った若者がやって来た。

せつらであった。

二人は無言ですれ違った。

バス停には数人が並んでいた。せつらの顔で。

「やれやれ」

せつらは眼を閉じた。眼を開けたとき、世界は元に戻っているか。自信はなかった。

本書は書下ろし作品です。

あとがき

考えてみると、私には人形をテーマにした作品がかなり多い。

「魔界都市シリーズ」全篇《ぜんぺん》を通して登場する人気キャラ〝人形娘〟もそうだし、他にも、善玉、悪役とバラエティに富んでいる。

記憶によれば初の作品デビューは、『エイリアン黙示録』（'84年・朝日ソノラマ文庫）だから、キャラ自体も古株である。せつらもメフィストも、〝人形〟の後塵《こうじん》を拝《はい》しているのだ。

二人に向かって、

「ケッ、新人のくせに、でかい面《つら》すんなよ」

と言えるのは、彼らのみである。

人形＝マネキンを不気味なものと印象づけたのは、ＴＶシリーズ「事件記者コルチャック」('76年・日本テレビ系)の中の一篇だが、和製のミステリー・ホラー・ドラマの中にも一本、「呪いのマネキン人形」('84年)がある。主演は日活《にっかつ》ロマン・ポルノの美女・高倉《たかくら》美貴《みき》であった。

美しいものが恐怖の王となるのは、森羅万象《しんらばんしょう》の定めである。それは「美」が絵画、音楽、小説、映画等の媒体を通して世に出たときからの運命であった。美しいものは、恐ろしいものなのである。優れた面打ち、人形づくりたちは、創作の過程で創り出した〝子供〟たちに戦慄《せんりつ》していたに違いない。

美を愛くるしさと配置替えした場合も同様だ。その代表が、殺人鬼の魂《たましい》が乗り移った「チャイルド・プレイ」('88年)のチャッキー君である。

人形作家一体を完成させるには、頑張って三カ月を要するという。それだけの期間、心《しん》血《けつ》を注《そそ》いでいれば、殺人鬼に限らず、作り手の魂が宿ってもちっとも不思議ではあるまい。

深夜、ひと気の絶えた工房で、月光の街路で、硬い足音とともにさまよう美の結晶たち――ゾクゾクしませんか。

読者の誰かが、せつらとメフィストの人形を完成させ、自宅に飾っておくと、ある日、消え失《う》せてしまう。彼らは私の家へやって来るのだ。私は「よしよし」と頭を撫《な》で、近くの骨董《こっとう》屋に売りとばしてガッポリ。何度売っても帰って来るのだから、一生ガッポリである。

なお、今回の執筆には、人形作家・櫻井紅子《さくらいべにこ》氏のお力添えをいただいた。感謝いたします。

二〇二一年十一月某日
「チャイルド・プレイ」（'88年）
を観《み》ながら。

菊地秀行

ノン・ノベル百字書評

キリトリ線

傀儡人の宴

なぜ本書をお買いになりましたか（新聞、雑誌名を記入するか、あるいは○をつけてください）

□（　　　　　　　　　　　　）の広告を見て
□（　　　　　　　　　　　　）の書評を見て
□ 知人のすすめで　　□ タイトルに惹かれて
□ カバーがよかったから　　□ 内容が面白そうだから
□ 好きな作家だから　　□ 好きな分野の本だから

いつもどんな本を好んで読まれますか（あてはまるものに○をつけてください）

●**小説**　推理　伝奇　アクション　官能　冒険　ユーモア　時代・歴史
恋愛　ホラー　その他（具体的に　　　　　　）

●**小説以外**　エッセイ　手記　実用書　評伝　ビジネス書　歴史読物
ルポ　その他（具体的に　　　　　　）

その他この本についてご意見がありましたらお書きください

最近、印象に残った本をお書きください		ノン・ノベルで読みたい作家をお書きください	

1カ月に何冊本を読みますか	冊	1カ月に本代をいくら使いますか	円	よく読む雑誌は何ですか	

住所					
氏名		職業		年齢	

あなたにお願い

この本をお読みになって、どんな感想をお持ちでしょうか。

この「百字書評」とアンケートを私までいただけたらありがたく存じます。個人名を識別できない形で処理したうえで、今後の企画の参考にさせていただくほか、作者に提供することがあります。

あなたの「百字書評」は新聞・雑誌などを通じて紹介させていただくことがあります。その場合はお礼として、特製図書カードを差しあげます。

前ページの原稿用紙（コピーしたものでも構いません）に書評をお書きのうえ、このページを切り取り、左記へお送りください。祥伝社ホームページからも書き込めます。

〒一〇一―八七〇一
東京都千代田区神田神保町三―三
祥伝社
NON NOVEL編集長　坂口芳和
☎〇三（三二六五）二〇八〇
www.shodensha.co.jp/bookreview

NON NOVEL

「ノン・ノベル」創刊にあたって

「ノン・ブック」が生まれてから二年一カ月、ここに姉妹シリーズ「ノン・ノベル」を世に問います。

「ノン・ブック」は既成の価値に〝否定《ノン》〟を発し、人間の明日をささえる新しい喜びを模索するノンフィクションのシリーズです。

「ノン・ノベル」もまた、小説《フィクション》を通して、新しい価値を探っていきたい。小説の〝おもしろさ〟とは、世の動きにつれてつねに変化し、新しく発見されてゆくものだと思います。

わが「ノン・ノベル」は、この新しい〝おもしろさ〟発見の営みに全力を傾けます。ぜひ、あなたのご感想、ご批判をお寄せください。

昭和四十八年一月十五日

NON・NOVEL編集部

NON・NOVEL—1055

魔界都市《まかいとし》ブルース　傀儡人《からくりびと》の宴《うたげ》

令和３年12月20日　初版第１刷発行

著　者　菊《きく》　地《ち》　秀《ひで》　行《ゆき》

発行者　辻　浩　明

発行所　祥《しょう》　伝《でん》　社《しゃ》

〒101-8701

東京都千代田区神田神保町 3-3

☎ 03(3265)2081(販売部)

☎ 03(3265)2080(編集部)

☎ 03(3265)3622(業務部)

印　刷　萩　原　印　刷

製　本　ナショナル製本

ISBN978-4-396-21055-7　C0293

サイコダイバー・シリーズ
魔獣狩り 新装版　夢枕 獏

長編超伝奇小説 新装版
魔獣狩り外伝 聖母隠陀羅・美空曼陀羅　夢枕 獏

長編超伝奇小説 新装版
新・魔獣狩り序曲 魍魎の女王　夢枕 獏

サイコダイバー・シリーズ⑬～㉕
新・魔獣狩り〈全十三巻〉　夢枕 獏

マン・サーチャー・シリーズ
魔界都市ブルース〈愁鬼の章〉　菊地秀行

マン・サーチャー・シリーズ
魔界都市ブルース〈幻舞の章〉　菊地秀行

マン・サーチャー・シリーズ
魔界都市ブルース〈恋獄の章〉　菊地秀行

マン・サーチャー・シリーズ
魔界都市ブルース〈愁哭の章〉　菊地秀行

マン・サーチャー・シリーズ
魔界都市ブルース〈鬼郷の章〉　菊地秀行

マン・サーチャー・シリーズ
魔界都市ブルース〈霧幻の章〉　菊地秀行

マン・サーチャー・シリーズ
魔界都市ブルース〈愁歌の章〉　菊地秀行

マン・サーチャー・シリーズ
魔界都市ブルース〈影身の章〉　菊地秀行

魔界都市ブルース
青春鬼　菊地秀行

魔界都市ブルース
闇の恋歌　菊地秀行

魔界都市ブルース
青春鬼 夏の羅刹　菊地秀行

魔界都市ブルース
妖婚宮　菊地秀行

魔界都市ブルース
〈魔法街〉戦譜　菊地秀行

魔界都市ブルース
狂絵師サガン　菊地秀行

魔界都市ブルース
美女祭綺譚　菊地秀行

魔界都市ブルース
虚影神　菊地秀行

魔界都市ブルース
屍皇帝《しこうてい》　菊地秀行

魔界都市ブルース
〈魔界〉選挙戦　菊地秀行

魔界都市ブルース
〈新宿〉怪造記　菊地秀行

魔界都市ブルース
ゴルゴダ騎兵団　菊地秀行

魔界都市ブルース
黒魔孔《こくまこう》　菊地秀行

魔界都市ブルース
餓獣の牙　菊地秀行

魔界都市ブルース
傭兵《ようへい》戦線　菊地秀行

魔界都市ブルース
幻視人《げんしびと》　菊地秀行

魔界都市ブルース
紅《くれない》の女王　菊地秀行

魔界都市ブルース
闇鬼刃《あんきじん》　菊地秀行

魔界都市ブルース
天使たちの紅《あか》い影　菊地秀行

魔界都市ブルース
傀儡人《からくりびと》の宴　菊地秀行

長編超伝奇小説 ドクター・メフィスト 夜怪公子《やかいこうし》 菊地秀行

長編超伝奇小説 ドクター・メフィスト 若き魔道士 菊地秀行

長編超伝奇小説 ドクター・メフィスト 瑠璃魔殿《るりまでん》 菊地秀行

長編超伝奇小説 ドクター・メフィスト 妖獣師ミダイ 菊地秀行

長編超伝奇小説 ドクター・メフィスト 不死鳥街 菊地秀行

長編超伝奇小説 ドクター・メフィスト 消滅の鎧《アーマー》 菊地秀行

魔界都市迷宮録 ラビリンス・ドール 菊地秀行

魔界都市プロムナール 夜香抄《やこうしょう》 菊地秀行

魔界都市ノワール 魔香録 菊地秀行

魔界都市ノワール 兇月面 菊地秀行

魔界都市アラベスク 邪界戦線 菊地秀行

魔界都市ヴィジトゥール 幻工師ギリス 菊地秀行

長編超伝奇小説 魔海船〈全三巻〉 菊地秀行

退魔針《たいましん》 鬼獣戦線 菊地秀行

退魔針 紅虫魔殺行 菊地秀行

新バイオニック・ソルジャー・シリーズ 新・魔界行〈全三巻〉 菊地秀行

長編新伝奇小説 夜光曲 薬師寺涼子の怪奇事件簿 田中芳樹

長編新伝奇小説 水妖日にご用心 薬師寺涼子の怪奇事件簿 田中芳樹

長編新伝奇小説 海から何かがやってくる 薬師寺涼子の怪奇事件簿 田中芳樹

長編新伝奇小説 白魔《びゃくま》のクリスマス 薬師寺涼子の怪奇事件簿 田中芳樹

連作小説 厭な小説 京極夏彦

長編新伝奇小説 ソウルドロップの幽体研究 上遠野《かどの》浩平

長編新伝奇小説 メモリアノイズの流転現象 上遠野浩平

長編新伝奇小説 メイズプリズンの迷宮回帰 上遠野浩平

長編新伝奇小説 トポロシャドゥの喪失証明 上遠野浩平

長編新伝奇小説 クリプトマスクの擬死工作 上遠野浩平

長編新伝奇小説 アウトギャップの無限試算 上遠野浩平

長編新伝奇小説 コギトピノキオの遠隔思考 上遠野浩平

魔大陸の鷹 氷海の狼火 赤城 毅

魔大陸の鷹 燃える地平線 赤城 毅

長編冒険スリラー オフィス・ファントム〈全三巻〉 赤城 毅

推理アンソロジー まほろ市の殺人 有栖川有栖他

長編推理小説 十津川班捜査行 湘南情死行 西村京太郎

長編推理小説 近鉄特急 伊勢志摩ライナーの罠 西村京太郎

長編推理小説 十津川班捜査行 わが愛 知床に消えた女 西村京太郎

長編推理小説 十津川警部捜査行 外国人墓地を見て死ね 西村京太郎

トラベル・ミステリー 十津川警部捜査行 宮古《みやこ》行「快速リアス」殺人事件 西村京太郎

長編推理小説 生死を分ける転車台 天竜浜名湖鉄道の殺意 西村京太郎

トラベル・ミステリー 十津川警部捜査行 カシオペアスイートの客 西村京太郎

長編推理小説 十津川警部捜査行 SL「貴婦人号」の犯罪 西村京太郎

トラベル・ミステリー 十津川直子の事件簿 西村京太郎

長編推理小説 九州新幹線マイナス1 西村京太郎

トラベル・ミステリー 十津川警部 怪しい証言 西村京太郎

長編推理小説 十津川警部 哀しみの吾妻《あがつま》線 西村京太郎

推理小説 十津川警部 悪女 西村京太郎

長編推理小説 十津川警部 七十年後の殺人 西村京太郎

トラベル・ミステリー 十津川警部 裏切りの駅 西村京太郎

長編推理小説 十津川警部 絹の遺産と上信電鉄 西村京太郎

長編推理小説 十津川警部 わが愛する犬吠の海 西村京太郎

長編推理小説 十津川警部 予土線《ローカル》に殺意が走る 西村京太郎

長編推理小説 十津川警部 路面電車と坂本龍馬 西村京太郎

長編推理小説 十津川警部シリーズ 阪急電鉄殺人事件 西村京太郎

長編推理小説 十津川警部シリーズ 伊豆箱根《いずはこね》殺人回廊 西村京太郎

長編本格推理小説 鯨の哭《な》く海 内田康夫

長編推理小説 棄霊島《きれいじま》 上下 内田康夫

長編推理小説 還《かえ》らざる道 内田康夫

長編推理小説 汚《よご》れちまった道 内田康夫

長編旅情推理 釧路川殺人事件 梓林太郎

長編旅情推理 笛吹川殺人事件 梓林太郎

長編旅情推理 紀の川殺人事件 梓林太郎

長編旅情推理 京都 保津川殺人事件 梓林太郎

長編旅情推理 京都 鴨川殺人事件 梓林太郎

長編旅情推理 日光 鬼怒川殺人事件 梓林太郎

長編旅情推理 神田川殺人事件 梓林太郎

長編旅情推理 金沢 男川女川殺人事件 梓林太郎
長編旅情推理 安芸広島 水の都の殺人 梓林太郎
長編旅情推理 博多 那珂川《なかがわ》殺人事件 梓林太郎
長編旅情推理 倉敷 高梁川《たかはしがわ》の殺意 梓林太郎
長編旅情推理 木曽川 哀しみの殺人連鎖 梓林太郎
長編旅情推理 大井川殺人事件 梓林太郎
長編推理小説 歌舞伎町謀殺 顔のない刑事・刺青捜査 太田蘭三
長編推理小説 京都鞍馬《くらま》街道殺人事件 木谷恭介

本格推理コレクション しらみつぶしの時計 法月綸太郎
長編本格推理 藍《あい》の悲劇 太田忠司
長編本格推理 男爵《バロン》最後の事件 太田忠司
長編ミステリー 幻影のマイコ 太田忠司
長編ミステリー 警視庁幽霊係 天野頌子《しょうこ》
連作ミステリー 少女漫画家が猫を飼う理由《わけ》 警視庁幽霊係 天野頌子
連作ミステリー 紳士のためのエステ入門 警視庁幽霊係 天野頌子
長編ミステリー 警視庁幽霊係と人形の呪い 天野頌子

長編ミステリー 警視庁幽霊係の災難 天野頌子
長編本格推理 扉は閉ざされたまま 石持《いしもち》浅海《あさみ》
長編本格推理 君の望む死に方 石持浅海
長編本格推理 彼女が追ってくる 石持浅海
本格推理小説 わたしたちが少女と呼ばれていた頃 石持浅海
長編本格推理 賛美せよ、と成功は言った 石持浅海
長編本格推理 君が護《まも》りたい人は 石持浅海
サイコセラピスト探偵・波田煌子 蒼い月 なみだ事件簿にさようなら！ 鯨統一郎

長編本格歴史推理 親鸞《しんらん》の不在証明 鯨統一郎
本格歴史推理 空海 七つの奇蹟 鯨統一郎
天才・龍之介がゆく！ 人質ゲーム、オセロ式 柄刀《つかとう》一《はじめ》
天才・龍之介がゆく！ UFOの捕まえ方 柄刀一
天才・龍之介がゆく！ 消滅島 RPGマーダー 柄刀一
長編サスペンス 陽気なギャングが地球を回す 伊坂幸太郎
長編サスペンス 陽気なギャングの日常と襲撃 伊坂幸太郎
長編サスペンス 陽気なギャングは三つ数えろ 伊坂幸太郎